U0062137

老佛爺貓貓

50個
心靈啓迪

梁寶儀

代序——跟貓兒談戀愛

阿濃

　　在臉書上「認識」阿荑和她的愛貓老佛爺，這「認識」當然是很膚淺的。後來知道她寫老佛爺做主角的書，並且有出版社肯為她出版，替她高興。想不到她要我為這本書寫序，寫序是一件麻煩事，我還是一口答應了。因為我也是愛貓人，出版過一本貓書。我們又同時從事特殊教育工作，有同行之親。

　　厚厚的一本原稿看完了，完全同意序幕所說這是一本「生死相許」「悲壯感人的愛情故事」。把愛情寫得蕩氣迴腸、纏綿悱惻、如詩如畫，我看過不少；把愛情通過具體的起居飲食、生活安排來寫，還是第一次讀到。

　　不過「人貓戀」跟「人人戀」亦有相同之處，相戀之初定會有深情對望。「有時我們一人一貓會深情對望。我定定地看着牠的大眼睛，牠也深情地看着我。」

　　然後有了愛的接觸，我領略過我家貓兒以頭碰撞我的腿部的示好，老佛爺也不例外。「有次我躺在（貓咖啡店內）沙發上，老佛爺由沙發一端走到我身前⋯⋯牠把頭猛地撞在我的臉上，痴纏地揩抹，眼淚口水都揩在我臉上。然後突然放鬆躺下，一臉陶醉的樣子。」

然後有了別離之痛，阿薁離城工作，老佛爺因思念而絕食。獸醫說牠再不能在咖啡店工作，要給人領養。當阿薁回城抱起老佛爺時，「牠（瘦得）只剩骨頭了。」阿薁抱起牠，好輕好輕，像紙般輕。「我來遲了，你受苦了！」「老佛爺溫馴地把小頭枕着我的胸口，虛弱地閉上眼睛，彷彿在說：『我終於等到你了。』」

阿薁把老佛爺帶回家後，配合與貓共同生活，作了26項整合，還有愛貓的10個備忘，有待大家自己細讀。

她跟貓的愛情生活有極細緻的描繪，包括看貓貓，聽貓貓，聞貓貓，摸貓貓，咬貓貓，餵貓貓，跟貓同睡。

她說相愛不能吝惜讚美，她常唸唸有詞：「老佛爺是最美麗的貓，是最乖的貓，是最可愛的貓，是最善良的貓，是最聰明的貓，是最忠誠的貓……」

像戀人一樣，她跟老佛爺也會鬧彆扭，冷戰。但她說：「為免浪費生命和相聚的美好時光，身段，能放下的，還是盡早放下吧！對貓是，對人也是。自身的氣量越大越好，活在世上的目的是為快樂，不值得拿別人的錯誤來懲罰自己。愛大，赦免也大。」

這只不過是老佛爺帶來的50個心靈啟迪之一。這本書不但啟迪我們怎麼愛，更重要的是學習像貓那樣活得美麗和快樂。

序幕

一隻對人生死相許的貓：老佛爺悲壯感人的愛情故事

一個故事，只要持續說着，就會有生命，就會存留下去，這是我寫這本書的原因。老佛爺的故事，我說了過百次了吧？這麼好的一隻貓，一定要為牠作傳。牠教識我的太多太多了，一本書其實是寫不完的。

老佛爺原本是一間精緻的咖啡店的貓。老闆秋哥和薇薇是一對小情侶，一起實踐開喵星人咖啡店的夢想。店內有深咖啡色的木框沙發和木檯，牆壁上掛着女孩和貓的相片，播着「南拳媽媽」的《牡丹江》，即磨手沖的日曬咖啡香氣撲鼻。店裏還有矯健的美國短毛貓Blue、嬌滴滴的波斯貓Jomi。老佛爺是店長，是最貴的異國短毛貓，牠的表情嚴肅，秋哥覺得牠很高貴，所以取名老佛爺。一聽這名字，心中仍打了個突，嗯，有歷史感，好，忍着不笑出來。

本來跟動物沒太多交流，既然去到，點了咖啡，也順道點一隻貓。

老佛爺上了我的餐桌。牠很小，6個月，比一隻咖啡杯略大。牠睜着大眼睛，死死地盯着我的熱飲。我覺得有點緊張，怕小貓會來喝我的咖啡，那麼我這杯飲品就報廢了。秋哥叮囑不能讓貓吃食人類的食品，對牠們是有害的。我笑自己，來咖啡店不是享受悠閒的嗎？卻弄得自己不自在了。但也好，讓貓陪自己，是新體驗。後來牠窩在沙發的一角睡，我鬆了口氣，不招呼牠，也不用牠招呼

我，自顧自看書。那時候看九把刀的《等一個人咖啡》，仍記得一句：「愛情不談愧疚。」書，成了回憶的路標。想不到，我後來成了老佛爺在咖啡店等的那一個人。

隔天再去，老佛爺主動親近我，挨着我睡。

我開始抱老佛爺了。起初有點害怕，怕被咬或抓。但是，牠非常溫馴，動作緩慢，而且大部份時間都在睡，令我越來越放心。抱在手中，貓兒的身體又輕又軟，叫人忍不住生了疼愛的心腸。有時冷氣太涼，牠打噴嚏了，我為牠蓋上橙色圍巾。我對牠說了很多很多讚賞的話：「BB貓，你好可愛啊！你冷嗎？你今天好嗎？」有時寧願自己熱一點，不開空調。後來索性買了一條淺啡色的大毛巾，幫牠蓋被。

看書或寫作時，我喜歡盤坐在沙發上，老佛爺會自己行上來我大腿上。這兒坑坑洞洞的，墊條毛巾，讓牠睡在平坦一點的地方。有時候抱牠在手，牠在沉睡，放個枕頭在椅柄，我再把手舒舒服服地攔上去好承托牠的小頭，高度角度剛剛好。我舒服牠也舒服。牠打着呼嚕，寧靜安祥，歲月靜好。有時牠在睡夢中突然嚇一驚，我輕輕拍拍安撫，牠很快回復安穩。

原來貓陪在自己身邊很減壓，心情會好。那兩個月，我幾乎天天都去看老佛爺。秋哥、薇薇忙於店務，我是陪老佛爺最多的人。那時留下很多寫在當下的深情的文字，很初心的貓記錄。

有時我會放下書本，只是痴痴地看着熟睡的牠。睡得真的像個嬰兒似的，給我溫暖的慰藉。

有時，我們一人一貓會深情對望。我定定地看着牠的大眼睛，牠也深情地看着我。牠的眼睛是金黃色的，中間一條直線是藍色的，非常迷人。有次牠瞪大眼睛看着我，我很誇張地用極甜膩的聲音問：「你幹嗎要把眼睛瞪得這麼大呢？」讚美牠，好開心。

牠一見到我和我的橙色白圓點圍巾，就會用前爪左右左右，有

人生若只如初見，願歲歲長相見。

規律地踩；圍巾已鈎破了，也由牠。牠小小的身軀挨着我，我感到溫暖。一張嘴，有點口氣。終於親密到聞到貓的口氣了，也不是很難聞啦！也許是太喜歡牠了，小小缺點也是有趣的。

有次，我躺在沙發上，老佛爺由沙發一端走到我身前：小小的貓頭越來越大，逼近我的臉。牠把頭猛地撞在我的臉上，痴纏地揩抹，眼淚口水都揩在我臉上。然後突然放鬆躺下，一臉陶醉的樣子。我忍着笑默默接受牠熱情的款待，感到甜蜜和開心。

我在老佛爺身上學到：

1　自己舒服就好。貓很懂得怎樣令自己舒服。

2　歡迎一切事情發生，學習馴服接受。老佛爺可以任人抱來抱去。

3　即使睡着了，偶爾也伸直手、伸伸腳；調整身體至更舒適的姿勢。

4　盡情享受被抱住、被撫摸、被疼愛，一點也不愧疚。

5　偶爾害怕，身子抖一抖；自然有人輕拍我、摸摸我、安慰我。一切都有豐盛的供應。

老佛爺啟發我寫了一篇〈小貓的愛〉，登了在網上的專欄中。
http://mingkok.buddhistdoor.com/cht/news/d/46963

我開始閱讀關於貓的書，才知道牠一見我踏踏踏的動作是「踩奶」。老佛爺感到十分安全，回到吃奶時踩媽媽的奶的溫馨中。我讀到照顧貓起居日常的知識，雖說比養其他寵物簡單，但也是多了好些家務事啊！工作這麼忙，連自家家務都勉為其難地應付，更何況要多服侍一隻貓呢？像嬰兒一樣，貓還是別人的好，偶爾玩玩，溫馨一陣，一不對勁就還給對方的父母，免卻眠乾睡濕的困頓。說到底，還是不想服侍、怕付出。

老佛爺改變了我。

懶做家務的我，開始萌生養一隻貓的念頭。

我快要出差。幾個星期後，離開了老佛爺，怎麼辦呢？豁出去愛盡牠，想給牠造隻布偶讓牠拿來玩。又或者造隻小老鼠。

也許給自己認養一隻貓吧！如果像老佛爺那般溫馴可愛就好了。離開了老佛爺，我怕會失落一段時間。老佛爺呢？牠可會記得我？恐怕不會吧？貓有牠自己的世界，自會活得好好的。秋哥見我不捨得老佛爺，戲言道：「拿去養。」那可是做夢也想不到的幸福事啊！

有次我病了，好幾天沒上咖啡店。薇薇告訴我，平時老佛爺不會跑上樓上玩的，現在會去我們慣常坐的沙發睡覺，她覺得牠可能在等我。那時候我不以為意，以為動物的記憶力有限，大概只是碰巧吧？我倒是為自己擔心。秋哥和薇薇跟我成了朋友，說好了會不時發老佛爺的相片給我。

出差的日子來了，我在咖啡店哭着跟老佛爺道別，拍了好多照片。那時牠小小的，好小，好輕。我第一次不是坐在沙發上抱貓，而是站着手抱，我有點緊張，抱得牠不太舒服，但牠很溫馴，沒甚麼所謂，乖乖任我抱住。薇薇幫忙拍了好些相片。寫作就是這麼奇妙的事，回憶在心中重現，再多活一次。寫這段文字的時候，回到跟牠話別的情境，又傷心又懷念，眼淚又留了下來。

離開老佛爺之後，秋哥有時發牠的相片給我。我安慰自己：會淡的，會漸漸適應的，會過去的。

兩星期後，薇薇突然告訴我：「帶牠去洗澡時，寵物店的人發

現老佛爺瘦多了。這才發現自牠見不到你之後不太吃飯。主要可能是牠依賴你了。現在就是不和其他貓玩，一個人，我們抱牠牠也不愛，呆着。應該是你給了牠全部的寵愛，有點認定你了。」

我就知道：不妙了，老佛爺想念我了。我哭了。我只能祈禱。

薇薇安慰我：「牠今天早上吃東西了。主要是我們去一趟獸醫不是非常方便。放心，我們會隨時觀察的。有吃東西就好，現在都有輪流陪牠玩和說話。」

老佛爺聽到了我的錄音，就走近電話，想找我。我感到又凄涼又甜蜜。

一位兒童文藝協會的前輩說她當年去了歐洲旅遊一個月，她的狗傷心到死了。我很擔心。

老佛爺吃得越來越少。後來連加了貓罐頭的糧，也不肯吃。嗚哇，我很傷心，我發散了過百人為老佛爺祈禱，祈求能保住牠的小命。

很愛動物的閨蜜Veronica抱怨我：

「怎麼到處留情，害得人家為你要生要死？」

「我也不想的，我原不知道一隻貓竟會深情至此。我以為牠記憶力有限，不會記得我的。」

「快快買下牠啦！」

「我也很想。但牠是人家的店長，是最受歡迎的鎮店之寶，我開不了口。」君子不奪人之所好，我怎能橫刀奪貓？但是，如果只有我養牠，牠才能活命，那麼，要花錢、要多做家務、愛得更深、擔憂記掛，通通已不計較了。

老佛爺連續兩天連一粒糧都不肯吃，送了去醫院打點滴。醫

生說牠不適宜再養在咖啡店，要專人認養。薇薇主動問我買不買。我立即知道，上帝把老佛爺交給我了！做夢也沒想到可跟牠長相廝守，太好了太好了！

工作告一段落，我立即飛回來，直奔喵星人咖啡店。我和老佛爺分開一個月了。再見到牠時，不知道牠會不會恨我，生我的氣不理睬我呢？

薇薇抱牠交到我手上，說：「牠只剩下骨頭了！」我抱住牠，立即哭了。我趕得及了，牠沒有死！牠等到我了。牠好輕好輕，好似紙般輕，比分別時更瘦小。一摸牠的背，感覺到薄薄的一層皮包着硬硬的骨頭。我哭道：「對不起老佛爺，對不起。我來遲了，你受苦了。」老佛爺沒有絲毫脾氣，溫馴地把小頭枕着我的心口，虛弱地閉上眼睛，彷彿道：「我終於等到你了。你回來了，我很開心。」我感覺到牠很安心。

我一直哭一直哭。抱着牠回到我們慣常坐的沙發。牠很瘦很醜，有眼垢，面也很髒，但是我覺得牠非常寶貴，是最好最好的貓！寫到這裏，又哭了出來。重看時，又再哭。要愛就一定會痛心。那時候多艱辛啊！願我記得這心情，常保持一份初心，始終愛老佛爺，一如最初。重逢的感動，夾雜着偌大的愧疚和心痛。「愛情不談愧疚」是逞強的話，勉強說着也會心虛吧？愛上一個人，或一隻貓，怎麼都會覺得愛得不夠，總覺得虧欠。

秋哥對老佛爺說：「自此之後，你就是一隻國際貓了。」薇薇哭着把佛爺讓給我。他們是真懂得愛的人。愛的最高境界是放手。他們把老佛爺的糧碗、貓砂、貓砂盆、藥物、營養膏、梳子通通給我，一一教我怎樣用。我有點怯怯的，感到有壓力；但我相信老佛爺會教我怎樣照顧好他的。（自此之後，我用「他」代表老佛爺；不用「牠」，因為他的偉大和靈性。）

老佛爺第一晚跟我回家，我很緊張，不顧奔波的疲憊，非常勤快地清潔好房間。他在籠子等我清潔的時候，播放Arashi叮叮咚咚的音樂盒音樂給他聽。備好了糧、水之後才放他出來。他巡視一下環境，想食又不肯食的樣子。他厭食整月，傷了脾胃，要把貓糧先用熱水浸軟放涼。我陪在他身邊，鼓勵他吃。旅途勞累之餘還要服侍一隻貓，簡直匪夷所思，但我沒有半點抱怨，只有慶幸、新奇和欣喜。從前抗拒為貓多做家務，那只是一個限制了自己的想法。

那一晚，我簡直像是跟蹤他，不放心，直到深夜累極才去睡。第二天一早，一叫老佛爺，他就立即跳上床來看我。晨光照在米色的蓆子上，第一次和一隻小貓在床上一同醒來，我感到喜悅、新奇、感恩。

我取了幾天假期學養貓。逐漸加糧，觀察他的糞便是否爛爛的，就知道份量對不對了。Veronica讚我是養貓專家了。

老佛爺決心相信我的一刻，他不會知道我會不會留情之後，拍拍手就走。他認定了我，見不到我，就吃不下飯。等到我了，就跟我回家。這一切，對於他來說，都是很自然地發生的，自然地定情、自然地思念、自然地犧牲和跟隨。他的愛很簡單，沒有計算，對我是無條件的、徹底的，而且義無反顧。老佛爺費了大氣力要我來到他身邊，我們不會再分開。我想，一直至死，才能把我們分開了。

老佛爺選定了我，一切都為他開路。我急需能上門照顧貓的保姆，因我一上班就要兩日一夜、甚至三日兩夜。我立刻就找到了，而且找到兩個，Joni和秀瓊都是真心疼愛老佛爺的。上天、為他祈禱的親友、身邊的人，都給予赤誠的幫助。

懷疑的眼神，道出當時
遙遠的距離。那時從沒
想到後來會深深愛上
彼此。

　　然後我們有過很多第一次。老佛爺第一次扭計要提早吃飯。第
一次咬了我一口。第一次睡在我頭上。第一次罵他。第一次冷戰。
他第一次哄我。第一次吃雞肉。第一次表達感恩。第一次帶他去洗
澡。第一次親嘴。他第一次走出門口。第一次罰他坐監。第一次捉
蟲子。第一次凌空轉身追玩具。第一次帶他在沙灘散步。第一次落
街吃早餐。第一次陪我去讀書會。第一次做手術。第一次為貓開生
日會。第一次罵我。第一次送我小禮物。第一次拜年逗利是。第一
次被雜誌報道。

我們在家過着溫暖舒適的小日子。老佛爺剛滿3歲，他由瘦弱的小貓，長成成熟健壯的公貓，有了肥肚腩了。秋哥和薇薇好人有好報，有情人終成眷屬，養下一個白胖兒子。

此刻是冬日，爐火上「泊泊泊泊」的煮着蘋果腰果雪梨乾無花果湯。歲月靜好。他坐了家中唯一有椅背的椅子，鋪了珊瑚絨被，再圈上一圈淺啡色大毛巾，是他自小用慣的，讓他枕着小頭。老佛爺總是這麼安靜，閒閒的、自在的。

我坐在家中深咖啡色的沙發上，就着木茶几寫了兩小時，老佛爺走來我旁邊捲曲着身子睡。睡夢中，他忽然震了震，我輕輕拍拍他心口安撫。他愛嬌地反起了肚肚，舉起了一雙小手，彷彿在說：「我好愛你。我好喜歡你。我把肚肚露給你摸摸。」我就摸摸他肚肚，就像最初在咖啡店相遇時的美好時光。

每一次說起老佛爺的故事，總會給我一些力量，讓我記起老佛爺和我深得上天厚愛。有些故事不用再提起，任它枯萎；然而老佛爺和我的故事，一定要說出來，而且還要說下去。

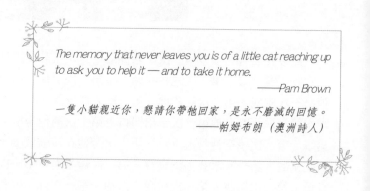

The memory that never leaves you is of a little cat reaching up to ask you to help it — and to take it home.
——Pam Brown

一隻小貓親近你，懇請你帶牠回家，是永不磨滅的回憶。
——帕姆布朗（澳洲詩人）

目錄

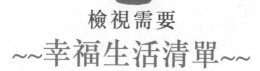

檢視需要
~~幸福生活清單~~

曾問自己：
要滿足生活所需，我最少要多少東西？

養貓前：

- 一份穩定工作，是自己喜歡的，可盡情發揮恩賜。
- 收入穩定
- 有閒暇
- 有一間房子
- 有天台可種花種菜
- 吊床
- 浴缸
- 小聖壇，可跪下、敬拜、祈禱
- 舒適大床、柔軟的被子、電暖氈
- 冷氣機、風扇
- 電腦
- 書檯
- 書法檯
- 廚房要有兩個鋅盤、明火煮食，不一定要有雪櫃。每星期有兩三晚不在家，有時吃完才回家。犯不着放一個雪櫃在家，要用電養着

它。放了食材在內，無聊時就會想煮，好胖呢！要吃就吃新鮮的食材。況且，新鮮蔬果足以維生了。

◦ 常常會穿的舒適衣物

◦ 牙刷、牙線、無毒的牙膏。

◦ 不要電視，太浪費時間了。很多重要的經典未讀，靜坐或早點睡更好呢！

◦ 也不要洗衣機。手洗衣服晾在向東的浴室，自會乾。儲足一袋，拿去洗衣店，省回晾和摺的時間。

養貓後：

◦ 工作間貼滿了老佛爺的照片，可盡情談論老佛爺的 趣事，促進人際關係。

◦ 收入穩定，可供養到自己和佛爺。

◦ 有限的閒暇被主子霸佔了不少，但也很樂意。閒暇時更能放鬆。

◦ 房子主要是老佛爺自個兒住了。幸虧有他，多添了生氣。

◦ 天台用來溜貓。老佛爺可以曬曬太陽、賞花或攻擊一條草。

◦ 吊床被老佛爺抓斷了兩根繩，斷掉了。

◦ 浴缸是老佛爺表演走平衡木的地方。浸浴時老佛爺也來逗留、看水的流動和玩水。

◦ 在小聖壇，老佛爺會來躺在我腿窩中，陪我祈禱。於是靜坐更耐一點。

◦ 舒適大床、柔軟的被子、電暖氈，黏了很多貓毛。常備黏貼滾筒。

◦ 吸塵機。本來怕它吵，一定不要的，現在是恩物。

◦ 夏天一定要給毛毛的佛爺開冷氣，怕他熱。電費不菲。

◦ 老佛爺企圖來霸佔電腦，我努力抗爭。

秀瓊姐是貓義工，救助了長洲很多街貓。她好疼佛爺仔，他也很依戀她。

感謝肉檔老闆榮哥，$5牛肉也肯賣給我餵貓。

- 老佛爺坐在書桌前，我又看書又摸貓。
- 書法檯放了貓的補品及清潔用品，變為梳毛、餵食的工作檯。
- 貓在鋅盤邊緣來回巡視。尤喜在爐頭上站着，看窗外風景。為他鋪一條毛巾蓋着凹凹凸凸的爐頭，他躺下時會舒服一點。那是他小時候買給他的淺啡色大毛巾。
- 4年來都沒有雪櫃。後來添了小貓吉祥，他病了，需要存放醫生處方糧和藥物，某天帶吉祥看完醫生立即去買了。
- 多添了白色的衣物，襯白色的老佛爺，貓毛黏了上去也不那麼礙眼。難怪女巫穿黑色。
- 牙線要收在櫃子中，防貓誤吞致命。
- 有蓋的小垃圾桶
- 有了貓，更加不需要電視。
- 砂盆
- 磨爪用的麻繩柱子
- 貓的飲水器，水會流動的。
- 貓吃飯的碗，要疊高高的，因老佛爺面扁，這樣他進食較容易一點。

感謝魚檔的妹姨姨，$10蝦也賣給我，送了大蝦給老佛爺！

感謝狗狗狗寵物店的維哥幫老佛爺洗澡。

感謝大新後街貓雜貨的店主Sam，慷慨讓書在他店內寄賣。

。兩個貓保姆。我要當夜班時，一個沒空，另一個立即頂上。

結論是，滿足生活的清單，必須加上：貓和他需要的事物。

I had been told that the training procedure with cats was difficult. It's not. Mine had me trained in two days.

——*Bill Dana*

我被告知，訓練貓的程序相當困難。不是的。我的貓兒只用了兩天，就把我訓練好了。

——比爾·達納（美國演員）

2

反求諸己
~~愛貓貓的10個備忘~~

　　Anna Louise Strong說：「我們很容易墜入愛河，就連待在愛河裏也不難；人類的孤寂足以讓我們這麼做。然而有一種追尋是既困難，卻又值得我們去努力的：那說是找到一個伴侶，透過這個人的持續存在，我們得以逐漸成為自己渴望的那種人。」

　　養貓亦然。透過老佛爺持續的存在，我希望自己常在愛中，要求自己成為一個更懂得愛的人。看過一位日本男士寫的《一生都在戀愛》，有精彩的備忘，提醒自愛愛人的態度。我發現也適用在老佛爺和我身上。

1 默默無語時，深情對望，交織無限對話。

　　老佛爺還是小貓的時候，我們就已深情對望，無用言語，純粹是心的交流，時間彷彿靜止。他在家等我的辛酸，我工作的勞累，通通都不再重要了。我可以見到心愛的貓，貓見到他心愛的我，深情地彼此注視，是玄妙的感覺。

　　很多動物書都說要避免跟貓直視，免得牠覺得受威脅。但是我和老佛爺是常常對望的，對望良久，而且是很近的。無用言語，更能加添生活的勇氣和力量。

2 要問「我愛他嗎？」而非「他愛我嗎？」

貓緩緩向你眨眼，是說：「我愛你。」我向他慢慢地眨眼。他有時會回我，而且是單眼。

後來發現，老佛爺原來只是想陪着我。我工作、看書、睡覺、浸浴，他就走過來，在前方不遠處坐下，看着我，總想確保我安好。

法國詩人哥提耶說：「貓是一生的朋友。他陪伴我們工作、獨處，以及憂鬱的時刻，為了我的緣故，摒棄了他自己的族群。」沒有絲毫懷疑，老佛爺當然是愛我的，他用他的一生一世來陪伴我了。

反而我要問我愛老佛爺愛得夠了嗎？

有段時間工作壓力很大，回到家勉強打理了砂盆、水和食糧，太累了，未能陪他玩久一點，覺得虧欠。有時是我覺得孤單，硬是要抱住他，他本想自個兒獨處的。

可是他是這麼寬容、不計較，每見到我，很快就滿足地發出咕嚕咕嚕的聲音。所以我盡量多陪他玩、更多尊重、天天持續地愛下去。我顧不得他有一天離開我時，會多麼不捨得了。不，我更該豁出去盡情去愛，愛得夠了，到分離的時候，就沒有遺憾。

愛，到底是意志的決定。愛人如是，愛貓亦如是。

3 走路看得出人是否有自信心、具知性美。貓步之美，更是如此。

美國小說家積威特說：「她行路伸展得瘦瘦長長的，像隻小老虎。她把頭高高昂起，細細檢視着草木，似在穿越叢林。」

老佛爺在天台巡視花草。他伸展着四肢，慢慢地優雅踏步，

像一隻小老虎，步履滿有威嚴、自信，很美。我終於明白為甚麼模特兒行路叫「貓步」。從前看美人穿着華衣美服在天橋上行，覺得很膚淺很悶。喜歡了貓，連帶看人也看得仔細了。咦？這人行得很好看，似貓，有自信。我也提醒自己挺直腰肢，抖擻精神，微笑前行。

4 放棄戀貓，就是放棄擁有性感

老佛爺抬起小頭，瞇起眼睛，下了指令：「我要你摸我！我要你摸我這裏！」非常自信的表達出自己的喜好和需要，真是可愛和性感！做女人，要了解自己的欲望，勇敢表達自己的需要。這樣自信的女人，是非常性感的。木村拓哉就說過，一個性感的女人，是一個自信的女人，她知道自己需要些甚麼。

我呢？我可以容許自己快樂嗎？我可以學習貓的放鬆、柔順，接受別人的服侍，滿足醋暢，沒有絲毫愧疚。老佛爺沒想太多，「為善無近名，為惡無近刑」，沒有太多框框，純然活在當下，真令人懷疑他有通向至樂的捷徑。

愛貓其實也在愛自己，停止用負面思想嚇唬自己，喜歡自己、接納自己。敢於相信自己是好的，真心誠意讓自己幸福。

老佛爺瞇起眼睛，很舒服的樣子：「對了！就是這樣搔下巴。嗯。咕嚕咕嚕。」

5 練習嘴角上揚

不快樂真是罪過，人世間許多問題都是由不快樂引起的。人開心滿足，自然不會搞事。所以要努力選擇快樂，想方法讓自己快樂。

其中一個方法是：打造一個能叫自己愉悅的影像，一感到不

我喜歡自己。我接納自己。我可以改變。

舒服，就看看或想起它，心情可以變好。一有負面思想，立即轉換成一個愉快的想法。看看鮮花、德蘭修女的照片、聖人畫像、嬰兒、山川、藍天、雪花，都可以變換心情，變得愉快。有說多看Facebook的貓短片，更可以預防自殺呢！

　　工作間貼滿了老佛爺的照片，手機也有好多他的照片；一看到，就微笑了。

6 放棄漂亮，工作和人生必走下坡

老佛爺總是把自己打理得漂漂亮亮的。

養貓一定使人勤力，抹眼睛、剷屎、梳毛、陪玩、餵食。愛自己，也需勤力。所以愛貓的人理論上可以更愛自己，例如抱老佛爺出門這天，穿簡單的白襯衫，配襯白色的老佛爺。簡單塗一層防曬粉底均勻膚色，別一對白色養珠耳環，精精神神。

我有雙很喜歡的貓耳環：垂吊着金線鈎成的貓頭形狀，綴了幾粒白色珠珠，很好襯衫。投入生活、心境愉快；生活、工作都很順心。

7 世上最有效的減壓方式：親吻

老佛爺是會親親我的。有時，他看着我，感覺到他想吻吻，我就俯下身子湊近，他小小的鼻子聞下聞下我，我也會吻吻他的小嘴。頓時，心花怒放，十分溫馨！

老佛爺很有男子氣概，有時趁我躺下來時，走過來強吻我，小頭頭猛地撞在我臉上然後磨蹭，眼睛鼻子揩抹我的臉，留下眼淚鼻水。他小時候已這樣對我激烈地示愛，每次強吻，仍然令我歡喜不已。

他有時也會爬上我身，伸直頸項，把小頭貼近我臉來回揩抹。非常親密，十分減壓。

有時老佛爺在我身前趴着，他的頸項很柔軟，感到我站在他身後，就咻的一聲180度仰起小頭，明亮的眼睛睜得大大的，愛嬌地討一個吻，我就俯下頭吻吻他小嘴。我想起周星馳在《家有囍事》的巴黎鐵塔反轉再反轉。

跟貓友談起，原來他們也有跟愛貓親嘴嘴的愉快經驗，大家都起勁地談起自己的貓要錫嘴嘴，很快樂！他們都欣羨我的老佛爺份外嬌嗲。

8 停用「反正」、「不過」、「但是」等轉折詞

「老佛爺很俊美啊！不過肥了一點。」這些話，我是不說的。要讚人，就不要加轉折的連詞，聽到最後的是指責，很掃興。請覺察自己怎樣使用語言。對自己是不是也諸多批評呢？批評會打擊內在士氣。自己要讚賞自己。讚賞有助建立自我形象。告訴自己在每件事上做得有多好！

德蘭修女說：「你的眼目正面，就會愛這個人間。如若你的嘴巴正面，世人會愛你。」我用甜膩的聲音向老佛爺說出讚美的話：「BB貓，我愛你。你好可愛啊！你好得意。嘩！你是好好的貓啊！好可愛喔！好靚仔啊！這麼俊美的貓，往哪裏找啊？你好乖好溫馴，真是全世界最好的貓啊！」聲音甜膩，老佛爺聽得很入神。我單純地讚美，碰也未碰他，他已經快樂到反出白色的肚肚表示信任。他完全接收到我的讚美，我也很歡喜。

只要你的讚美——男貓就是這麼單純的生物。

9 持續學習、內在投資、保持青春

貓的好奇心很旺盛，近貓者貓，日常生活中也對有趣的人事有更多新發現。最近看人，越看越覺人有些地方很像貓，很可愛。疼貓，也更疼人。

學養貓，看了很多書，也向人請教了很多問題；保姆Joni教我

看見貓的表情細微的分別。果然，他對着不同的人，有不同的表情和氣焰。他知道我在說他淘氣時，表情嬲嬲的。他全心愛我時，一臉陶醉。

開始搜羅有關貓的書、電影和飾品。俄國少女蘭迪詩的貓貓繪本 *Show me your Kitties*，畫她生病時，貓來看她，躺到她臉上去，笑到我呢！她又說：「互聯網很像古埃及，人們在牆上寫字和崇拜貓。」「每個聰明的女人背後，都有一隻有才的貓！」十分同意！

日本作家町田康在《都是為了貓》中描述他的貓「哈啾」生病、嘔吐、厭食。他給牠抬來棉被，貓虛弱但歡歡喜喜地爬上去睡。我哭了。要有點勇氣才可以看完的書。

澳洲作家 Pam Brown 給貓寫下的片言隻語，以及收錄在兩本小小的禮物書中的有關貓的名句，我看了又看，愛不釋手。互聯網上也多見有人引用她論貓的好句，本書也引用了。多謝她。

貓迷去看老牌百老匯歌舞劇 "Cats" 的話，一定深有同感。散場時，買了有貓耳朵的紀念雨傘。

好同事卿卿送我《貓之物語》，這書收集了以貓為題材的短篇小說，都是名家手筆，引人入勝。

夏目漱石的《我是貓》，描寫貓偷吃年糕在跳舞，十分有趣。例如貓捕捉螳螂露出吉野紙般的淡色內衣，覺得牠在炎熱的夏天還要穿兩層內衣很可憐。作者觀察入微、立意新鮮。不過我不是太能

做我們所愛的，愛我們所做的。上天會回報我們愛與成功。要愛自己、敢於做自己。

進入書中，稍嫌拖得太長、酸氣太重。作者本擬寫個短篇，怎料反應好就連載了兩年，難怪。作者旁徵博引，針砭人性，學問是很好的。

　　想知道為甚麼古埃及人奉貓為神祇，就查查看。古埃及人的神Ra曾化身為貓，戰勝了邪惡大鼠。貓也是日神和月亮神，象徵富饒和生產力，祝福婚禮及嬰兒的誕生。古埃及人認定貓比其他動物具

有更高的能力，聯繫宇宙，賦予人靈性的力量。死亡之時，貓把靈魂帶往死後世界。我見過貓的木乃伊。

查看名人論貓的佳句，知道更多世界上厲害的人。

貓成了一條學習的線索。謙虛求教，有助保持一顆赤子之心。

10 防止對方變心，就是讓貓為你死心塌地

我對老佛爺這麼溫柔，他不會走的，他不會捨得我。

老佛爺試過扮逃走，趁我一個不留神，跳出門外。到我發現他不在家，忙出門找，他站定定在等着我。他的表情有點得戚，很有趣味地看着我緊張焦急。

我上天台澆花、躺吊床時，老佛爺總會上來看着我。他如果要走，跳上矮牆、跳到大樹上、跳往隔籬家，飛簷走壁，非常方便。可見他是捨不得我的。

有一次在碼頭等船，我讓他坐在我身邊的椅子上，也沒縛帶。他悠然地躺着，我們有一種默契，我知道他不會離開我。他也知道，我不會拋下他。有乘客看到這貓這麼乖，十分驚喜，歡喜地摸摸他。

我對老佛爺很有信心，我對自己也很有信心。

美德本身就是最美好的回報。

——Silius Italicus（古羅馬政治家、詩人）

別太快下結論
~~看貓貓~~

初踏入喵星人咖啡店時，我覺得波斯貓Jomi最漂亮，眼大大、毛長長、樣子很甜，嬌滴滴的。所以當薇薇抱老佛爺來時，心中微微失望：「怎麼這隻貓的鼻這麼扁、樣子這麼笨？」薇薇解釋道：「牠是最溫馴的，能待在客人身邊很久，其他貓是留不久的。」我就馴服安排。歡迎一切事情發生。

有次和學生去消閒，小淳說：「這貓的鼻子這麼扁，反應這麼慢，肯定是有問題的。」我心想：難道貓也有資優或低能的嗎？還是不要太快下結論，往下看。

秋哥幫老佛爺辯護：「平時牠閉起眼睛睡覺，你們不覺察，其實牠是很美的，一睜開眼睛，又大又圓，好明亮的。」

我看老佛爺，也是越看越順眼。因為他安靜、溫馴，常常乖乖伏在大腿上，令人覺得很舒服。他性格好，於是漸漸加分。仔細看看，他小小的鼻子和嘴巴是粉紅色的！耳朵像蝴蝶，也透着淡淡的粉色，與白色的毛很配合。他身上有忌廉色的花紋，上半部的背部有花紋像個小天使，圓圓的小頭下張着淺啡色的翅膀；又似一個穿着蓑衣的古人；也似兩座高山，日出了，上面有個初升的太陽。下半部的背部，近右方，有一個花紋，像站着的鴨子。

我也是眼大大鼻扁扁的。看老佛爺越順眼，看自己也越來越順眼。一切由心造，所以要塑造心，一生的果效由心發出。

他即使睡着了，偶爾也伸直小手，伸個懶腰、拉長腳腳，有時更呶呶嘴，酣暢得像個嬰兒。他常常置身於幸福中。他是多麼的快樂，單是看着他，感染到人也幸福起來。

海寧格在《沉思》一書中，論到歡樂：

「只能在拋棄令我們分心的事，專注於美麗的事物，心存感激，方能享受某些事情。」對了！純然地看着老佛爺，自然拋開其他事，專注於他。他睡到我的大腿也熱了，心也暖暖的。

「歡樂是愉快和喜悅的感覺，進而轉移到靈魂和靈性。情緒高漲，需要友伴參加慶典。」是啊！老佛爺帶給我愉悅。高漲的情緒化為文字，讓讀者參與我們的快樂。

「真正的快樂看生命極其珍貴、提升思想角度，來調和我們。快樂使我們提升和敞開，令我們生命的光明面更加親密。」老佛爺的小命十分珍貴。上天厚愛，我深深感恩，心境和諧，活得更陽光。

「在歡愉中，使我們與我們的童年連結及喜歡孩子，像小孩以好奇心探索周圍的世界。我們讓自己在驚喜、豐盛、滿足中。美好的回憶浮現。」

老佛爺常常讓我回想起童年，使我與幼小的自己有更多聯繫。爸爸說我嬰兒時曾抱貓睡覺，如今我信了。最愛媽媽愛憐地輕拍睡夢中小小的我，跟我疼老佛爺的影像平衡地重疊。

老佛爺太可愛了，他胖胖的，笨笨的，一個轉身，一次抬頭，都很好看。有時眼睛睜得大大的，好奇地看着飛過的小鳥，那眼神很純粹。

老佛爺在我的眼中、在我的稱讚中，找到了他生存的意義。我讓他知道，他是十分可愛的，十分寶貴。

曾有人喜歡看着我，愛慕的眼光看我是美麗的、是很可愛很好的。我不敢相信自己好的部份，不敢肯定自己。但這熾熱的目光，讓心中軟弱的部份也變得堅定，敢去相信自己的美好。

你是這個樣子的，就愛你這個樣子，完完全全接
受你就是你。你也是以同樣的方式對待我，我們
兩個都感到安全、可以彼此信賴。

這經歷有助我相信，我在永恆者的眼中十分珍貴，祂極愛我，連我的頭髮也數過。這個認定使我自由。

可惜老佛爺只是貓，未能明白這一點，以為沒了我，自己就不可愛了。在老佛爺因思念我而絕食的日子，無心梳洗。那甜美的波斯貓Jomi幫他舔毛呢！謝謝Jomi。如今喵星人咖啡店已結業；Jomi、Blue也另有好人家認養了。現在看Jomi，仍是美的，然而如今老佛爺更俊美了。幸好當時我沒有太快下結論，沒有拒絕他來到我的桌上。回想起來，小時候害怕毛茸茸四隻腳口有利齒的貓狗，怕被咬。13歲時教會宿營，營舍有兩隻橙色貓，不知怎的入了女生睡房。可愛的麗萍姊妹猛地游説我：「摸啦！不怕！好好玩的！」我學着她戰戰兢兢地摸摸那小頭，繼而摸摸小下巴。果然好玩。克服了懼怕的心理。謝謝麗萍。然後，有次麗萍無意中見到老佛爺和我親嘴，她害羞地笑着説：「咦！好肉酸呀好肉酸呀！」我也笑道：「是啊！我剛剛感覺到他想要親嘴嘴。」我的心很甜蜜很甜蜜。

順着流走，歡迎一切事情發生，於是我遇到一隻最溫柔、對我用情至深，是全世界最好最美麗最耐看的貓。

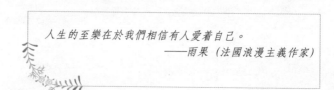

人生的至樂在於我們相信有人愛着自己。
——雨果（法國浪漫主義作家）

4

放鬆
~~聽貓貓~~

認識老佛爺頭兩個月，從未聽過他的聲音，異國短毛這品種是出了名的安靜。咖啡店一個女孩說：「他要吃飯時，嬌嗲地叫的一聲，那才叫好聽呢！」我很羨慕，很想聽聽。

到接了他回家之後，終於聽到了，嬌滴滴的「喵」一聲，果然十分好聽，而且還聽到了各式聲音。

我叫一聲：「貓。」

老佛爺：「唔咻？」聲音嬌柔動聽，尾音上揚，有提問的意味，大意是：怎麼了？

「返去了。」

他由針松樹下走出來。

很可愛。

「嗯哼？」老佛爺發出喜悅的一聲高音，跳上床來找我，亮麗地登場。彷彿在說：「你在做甚麼呢？我來看你了。我愛你。」又似個媽媽極愛自己幼小的孩子，嗯哼，用無意義的聲音，甜甜地愛憐地跟小孩打招呼。

有時，老佛爺喉嚨間會輕微地發出嗯嗯聲。我有時定意要抱他，有點勉強，他就會帶點惱怒地嗯嗯：「你又來硬是要抱起我。我想看窗外風景的。」嗯完又沒事了，溫馴地任我抱住。

他歡喜被我抱住時，會快樂地嗯嗯嗯，音調會高一點。我也學他在喉嚨間嗯嗯嗯嗯、嗶嗶嗶嗶。

他罵我時，「喵——！」高音、尾音拖長長的，多是命令我餵食。

他正專心舔毛毛，我粗疏地摸摸他的頭頭，他嚇一跳：「喵呀？」停下來仰面瞪着我，有點責備的意味：「你做甚麼？」我連忙縮手致歉。

一天，各自午睡。後來，老佛爺跳上床喵地罵了我一聲，大意是你怎麼不理我了？我溫柔地説：「老佛爺，我正在想你呢！心中盤算着要寫你呢！」然後他就滿意了，走近躺在我身旁。我摸他的小頭，他「中槍」倒下。（「中槍」是養寵物的人的用語，是指寵物十分信任主人，突然全身放鬆躺下，把自己交給對方。這是很難得的，可遇而不可求。寵物一旦「中槍」，主人都會十分開心，場面溫馨。）我摸摸他下巴、肚皮，又運動他後腿內側關節。他閉上眼睛非常陶醉，十分舒服，發出達達達達咕嚕咕嚕聲。

我十分愛聽老佛爺這聲音。此時，非常的活在當下。他的快樂，感染到我也很快樂。他很放鬆；不過我有點忙，忙於服侍他，不時轉換按摩手法，摸摸他不同的部位；但也算輕鬆。他比較悠閒。

終於，我也累了，靠近他的小頭躺下來，湊近聽他的達達達達咕嚕咕嚕，顯得更清晰響亮。雖然我暫停了按摩，但他的咕嚕聲依然強勁，甚至更加強勁。他忽然坐起身，輕盈地轉了半個圈，回來又倒下，壓在我的面上，他的長鬚觸碰着我的鼻子，癢癢的，我不禁莞爾。

試過有一次，老佛爺還未滿一歲，我外出了。大風把睡房門關上了，把他困在內。不知多少個小時之後，到我回家，不見佛爺迎

成功總是因為有合作夥伴，真正的幸福亦然。

接，心感不妙，連忙打開房門。床上已拉了屎，地下也有一灘尿。小小的佛爺一見到我，立即很滿足地躺在地上，發出咕嚕咕嚕聲。是的，得救了，見到我了，他就快樂。我也顧不得不好的氣味，連忙摸摸他疼疼他。當然不會罵他啦！他大概忍了很久之後，不得已才拉的。自此之後，睡房的窗不敢大開，房門一定用門墊塞住，另加一張小木椅擋住。這次經驗雖有點兒慘痛，但讓我知道，原來老佛爺只要見到我，就滿足了。我很感動。

　　美國某位養貓專家，寫了一本書，說貓這達達達達咕嚕咕嚕的聲音，不知是甚麼頻率兆赫，人類是模仿不來的。科學家做過實驗，這咕嚕聲能幫人類放鬆、降血壓、改善健康。我也覺得養貓後心情、精神、身體都好了，連鼻敏感也好了。

　　老佛爺也喜歡聽我的聲音，尤其是高音。我彈結他唱歌時，他

會走過來細聽。

有一次他站在床上，距離我幾步以外。我對他深情地說：「老佛爺，我愛你。」他就立時走近，在我面旁中槍般倒下。我很歡喜。

老佛爺也有頑皮的時候，例如扭計別過面去不讓我刷牙。我語氣會有點重。他知道我不高興了，知道我在說他。他就會乖一點，合作一點。

有次聽到貓的心跳聲。有晚半夜，老佛爺來到我枕邊，睡到我的頭上，半邊臉都是毛。他的小胸膛壓在我耳邊，我清晰聽到他強勁的心跳聲，好急促好猛烈。我感受到他很害怕。也許是做惡夢了吧？我輕輕拍拍他、安撫他。

過了一會兒，他平靜了，退後幾步，不再睡到我頭上，移到一旁挨着枕邊安睡。雖然被弄醒了，但老佛爺在害怕的時候會找我，我感到很快慰。貓帶出了我的溫柔。

我偶爾會煲煲劇。看《那年花開月正圓》時，他本在房中睡覺，隔了好久仍不見我去睡，惺忪地走出廳來找我，見我仍在看劇，就「喵——！」地罵了我一聲，嚴肅地看着我，像媽媽，也像個管家。不過他罵一聲就完了，由得我做回自己。他跳上來，睡在我懷中，滿足地陪着我。

有時我專注地閱讀或寫作，過了一會，微一注意，才發現原來老佛爺不知甚麼時候已在我懷中熟睡，而且舒服到發出咕嚕咕嚕

聲。於是我就在這奢華的背景音樂下，繼續我的日常。

我拍下他睡覺發出咕嚕聲的影片。

我懷疑貓是為了我，努力發出咕嚕聲給我聽的。貓可能感受到我喜歡他的叫聲，故意走到枕邊叫給我聽。他可能知道自己的陪伴與聲音有療癒能力，他愛我，所以就給我最好的醫療。讓常常不自覺繃緊的我，放鬆下來。很多謝你啊！老佛爺。

老佛爺仍在咕嚕咕嚕午睡。我卻爬起床寫了這篇文章，嗚！我不捨得離開他；然而，寫作需要紀律。況且，實情是，他多次誘惑我睡覺或玩耍，使我延後了寫作！光是對着可愛的他，甚麼都不用做。也好，老佛爺是教我做 "Human Being"，不是 "Human Doing"。算啦！不急不急，活在當下。例如這一篇，醞釀了三年，更豐富了。

老佛爺是配種貓，天生鼻管塞了一邊，是有殘缺的貓，呼吸時嘶嘶嘶。貓的呼吸聲成了生活的背景音樂，是自然的存在，能安定心情。他有時需要大口呼吸，會卡卡聲；我想起吸煙大半生的父親從前一早咯痰的聲響。有次老佛爺睡在我枕邊，半夜，鼻鼾聲響到吵醒了我。第一時間是有惱怒的，但隨即感念他對我的愛是如此的深，這就算不了甚麼了。

有時，光是傾聽我們所愛的人說話，就是一種極大的喜悅。
——Vincent Mcnabb（愛爾蘭學者、牧師）

5

要越來越愛
~~聞貓貓~~

喜歡貓，也是有級數的。一如看金庸小説、《紅樓夢》。倪匡非常熟稔金庸小説，評論獨到，曾經代筆。張愛玲看《紅樓夢》不同的版本，那一兩個不同的用字，就會蹦出來。這都是神級的境界。就如學術、武術、橋牌、茶藝、飲食、各項嗜好都可以鑽研得越來越深。

一位自小養貓的藝術家，她養貓的級數就很高。她離家幾天之後在Facebook留言説：「好想聞貓啊！」

咦？她啟發了我對貓的敏感度。與老佛爺耳鬢廝磨，漸漸習慣了他的貓味；但是也沒意識到是否去到喜歡的地步，模模糊糊的。那位藝術家生活得很細緻，這樣煞有介事地想念貓的氣息，級數一定很高，值得我去學習。喜歡一個人，是會喜歡他氣味的。姨甥女小時候摟着大姐聞，歡喜地説：「唔，媽咪味呀！」媽媽過世後一個月，我在自己身上發現了她的氣味。我曾捉住前夫聞他頸後髮際的氣味，似是一種油的氣味。我這麼喜歡老佛爺，他的氣味，我怎可放過呢？

老佛爺還是咖啡店的小貓時，每次洗完澡回來，聞聞他淺啡色及白色的毛，都有一陣花香的味道。顯然，這不是他天然的氣息。我問秋哥，果然，是寵物店的洗澡液。秋哥説，有貓洗完澡回來，其他貓不認得牠。牠慢慢清潔自己，舔舔自己，自己的氣味回來

足夠就是豐盛。而人一生下來，就有足夠的愛伴隨。

了，同伴也就認得牠了。漸漸，花香味淡去，老佛爺回復自身的貓味，淡淡的麇麇的氣味，覺得可以接受，還未覺得香。對於貓的口水眼淚鼻涕，仍然迴避。那時候愛貓的級數，屬於低的。

　　漸漸跟小老佛爺混熟，第一次聞到他的口氣，少少腥。但由於有感情，也不抗拒，覺得有點有趣。

　　養佛爺第三天，有人請吃飯，不好意思不去，帶着貓去了一個早上，結果老佛爺在籠子裏拉了稀屎，身子也沾上了泥黃色的糞便。我這個冒失的新主人急忙離席，幸好就近喵星人咖啡店，連忙帶他回去。我急忙買了濕紙巾坐在路邊幫他揩抹，狼狼也顧不得了。薇薇幫忙遞紙巾。那是老佛爺從未有過的尷尬事啊！我很懊悔。晚上回家再仔細揩抹，仍有淡淡的屎味。

　　第二天早上醒來，屎味全消了！老佛爺變得乾乾淨淨，香香的。真是又乾淨又整齊的小貓啊！我忍不住親吻他。我學識了要待早上，老佛爺大便過後才帶他出門。免得過都不帶他出街，免得他辛苦受累。

新手養貓時，朋友小梅問：「貓的腳板底是甚麼味道？」因為推出了貓腳掌味的點心，粉紅色的肉墊形狀，所以她想知道。那時仍抗拒貓的腳底，勉勉強強胡亂一聞，很快地回答：「淡淡的屎味。」她駭笑。

每兩個月，我都會帶老佛爺去寵物店洗澡。他皮膚有點不好，要用藥水醃一會兒。現在都好了。入冬以來，這三四個月，都沒帶他去洗澡。於是，有機會聞到他天然的幽香。他的毛有淡淡的芳香，也許他的口水是香的，把自己舔得香香的。老人家說，貓狗的口水於人類有益，我益發不抗拒老佛爺的口水眼淚了，他強吻我時任他揩在臉上；不小心嚐到，也沒甚麼，鹹鹹的。有時餵他吃蝦，你一隻呀我一隻，他吃剩的我清掉，吃他口水尾，也沒甚麼。

人類鼻子對氣味的接收，時限很短，很快就會感到麻木，但對氣味的記憶卻可以很深。佛爺的存在，像空氣，像時間，像氣味。他太疼愛我了，不大打擾我，有時不那麼感覺到他的在或者不在。我正在貯老佛爺的毛，準備給自己做一個枕頭。有一天，他不在了，我仍然可以抱住他的溫柔，回味他的氣息。（一想到這裏，很難過，眼淚流了下來。）

於是我也刻意聞聞他的腳掌，香香的、羶羶的、肉肉的。我發現後腳掌的氣味比前腳掌濃艷一點，大清早的氣味比正午或晚上又淡一點。越來越熟悉，也就越來越喜歡。早上在床上溫存，總會聞聞他的腳掌，吻吻那粉紅色的肉墊。出門之前抱住老佛爺，拿起小手掌聞聞，香香的；再捉起後腳掌聞聞，肉肉的；已經成為一項儀式。

有個長年茹素、修行得很好的朋友告訴我：他有次發怒之後，聞聞自己，覺得自己很臭。是了，我有一個姪女，一出世就發脾氣，嬰兒的時候常常哭鬧，她只有在剛洗沐完之後一刻是香的，轉頭她又有脾氣了，又變臭了。尤其是那頭，常常都是臭臭的，不過我還是非常愛她。老佛爺的脾氣這麼好，自然是香香的。

　　他也喜歡聞我的。有時聞聞我的嘴、我的腳。

　　小樂會聞她愛犬的腳掌。小晴會聞嬰兒的小手掌，似牛奶的甜香。

　　保姆Joni跟我說：「你現在才懂得喜歡貓的腳掌嗎？我老早就知道啦！」保姆瓊姐是在街頭救流浪貓的好心義工，也是最愛貓狗的小腳掌。她們愛貓的級數老早就很高了。

　　嗯，我對老佛爺的喜愛，仍有進步的空間。老佛爺喜歡我、愛我的級數，卻早已爆燈。

The smallest feline is a masterpiece.
　　　　　　　　　　　—*Leonarda Da Vinci (1452-1519)*

小小的貓是大師級傑作。
　　　　　　　　　　—*達文西（1452-1519）*

6

讓日子甜起來
~~摸貓貓~~

摸着老佛爺寫這一段：老佛爺的白毛透着銀光，摸上去好滑，好像絲綢般順滑。撫摸貓的時光，自然也是優質時光。

通常一回家，他就來到門口迎接，反了肚肚讓我摸。我洗洗手就立即摸摸他。有時來不及洗手，用手背先接觸一下他，讓他感受到被愛。

進而，我會幫老佛爺梳毛。小時候的梳子少用了；他長大了，用大梳子。秀瓊保姆送了一把方形膠梳，能把掉落的毛穩住，再一片完整地撕下來，很好用，減少老佛爺吞下肚去的毛。梳毛是按摩，促進貓的血液循環。

網上有中醫師教為貓按勞宮穴，在腳掌對下一吋，保健。Joni保姆很愛為老佛爺腳底按摩。撫摸他粉紅色的小肉墊時，他的腳掌像開花一樣張開，享受人的服侍，我連他腳爪子隙縫薄薄的像蹼的一層皮膚，也按摩到了。貓的後腿內側關節如果太緊，老年易患腿疾。為了預防，我常常幫老佛爺按摩。有時他不太喜歡，也許太酸軟，一腳把我蹬開，也很有趣。

瓊姐摸老佛爺的肚肚，手勢純熟。她雙手從後撐着老佛爺的下腋，一手扶着他仰臥，露出雪白的肚肚，另一手搓他肚肚。我學會了這抱姿。旁人見我可以這樣摸貓，驚嘆：「他竟可以這麼『順攤』！」老佛爺瞇起雙眼，笑着沉浸在愛寵中。

最大的幸福就在當下。

矇着眼睡覺，忽然感到老佛爺跳上來，不辨頭尾，摸摸他。摸着薄薄的一片，略為硬的，原來摸着貓的耳朵。這是第一次摸他耳朵這麼久的。原以為他不喜人碰他耳朵，原來他只是不喜清潔液流進耳朵內的不舒服。

　　老佛爺最喜歡我摸下巴，盡情享受被服侍的幸福，一點也不愧疚。我需要向他學習接受。他舐我，我享受不了幾秒，有點不好意思，就爭着去服侍他。後來我提醒自己，也要讓自己接受老佛爺的善意，我值得享受他的愛。於是讓他舐我的手舐得久一點。

　　老佛爺仰臥我懷中。我盤坐沙發上，鋪了羊毛氈子，雙手交叉摸着他白白的肚子。他抬起小頭一臉陶醉。他是這麼放心地接受寵愛，只負責活出自己被愛的一份自在，給我很大啟發。他發出咕嚕咕嚕聲，宣告着自己的幸福。

　　於是我發明了神貓小道。我想像自己是上主懷中的一隻小貓，被祂深深寵愛，享受祂無條件的擁抱、撫摸、親吻。我沒有甚麼很強的地方，也不能像德蘭修女或聖傅天娜修女那樣完成甚麼偉大事業。我只是純然地活在當下，感受到自己深深被愛着，是造物主可愛的創造。是的，我很美好。我只陪伴我的主人，跟隨祂的腳蹤行。我喜歡我的主人，主人很喜歡我。我很小、很矮、很脆弱；只有靠祂抱我到祂巨人的肩膀上，看到的世界才寬一點、遠一些。

　　老佛爺有次主動摸摸我，令我非常感動。那是認養他第20天。那天早上我打掃了很久，連角落的塵也抹走，怕老佛爺會沾上身再舐下。我正跪下抹地，忽然感到背後有隻小手搭我肩膀。我呆了，

從未試過做家務的時候，會有隻手搭着自己，關心一下我是否辛苦。轉身，是老佛爺站在床上，伸出一隻小手輕按我肩膀。我的心融化了，好開心啊！他好像在說：「你辛苦了！謝謝你這麼努力。我心疼你啊！」我對老佛爺笑道：「老佛爺，你好可愛啊！謝謝你。我先完成家務，然後再陪你玩。請等等。」繼續忙着，卻是甜甜地抹地。老佛爺，有你陪着我，多好啊！家務也變了樂事。等家事告一段落，心有閒暇了，再細細感受那喜悅。

我喜歡他伸出小手，輕輕抵着我的臉頰。我感到陣陣的溫柔，隨着他的小肉墊陣陣傳來。

摸摸貓，或被貓摸摸，都會帶來好心情。

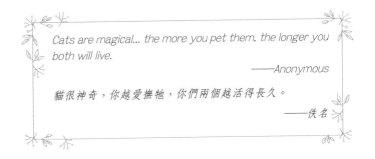

Cats are magical... the more you pet them, the longer you both will live.

——Anonymous

貓很神奇，你越愛撫牠，你們兩個越活得長久。

——佚名

7

別被想法限制
~~咬貓貓~~

好多年前已買下日本攝影師伊原美代子的攝影集，拍下了小白貓福丸和老奶奶的日常，她們常呆在一起：種田、浸柑橘浴、午睡、看電視。一人一貓擺出一樣的姿態拍照，非常可愛。其中有一幅，老奶奶輕輕咬着白貓的耳朵。那時候還未認識老佛爺，覺得這很不可思議、不衛生；但也很被觸動，老奶奶是多麼多麼的愛小白貓啊！

看有關貓的資訊，才知道貓輕輕地咬，其實是在説：「我愛你。」英文是 "LOVE BITE"。養貓兩個月，老佛爺和我的感情，已進展到輕輕咬我了。之前因為不知道、怕痛、又怕他咬慣了人，養成不好的習慣，所以他來咬我時，我握住拳，不讓他咬。明白他原來只是想跟我説「我愛你」，之後就放開了，由得他咬，任他向我表達濃濃的愛。

有時他仰臥，露出白白的肚肚，像抓住獵物一樣四手齊齊狂抓我的手，捉住輕咬，十分緊張纏綿。他的指甲定期剪，又不會真抓真咬，我又穿着長袖衫，頂多是微微的一絲輕傷。我漸漸也就習慣了，享受被他寵愛的喜悦。

老佛爺還是小貓時，一日，一聽我叫，就走來，捲曲着睡在我裙子上。我正在縫布熊送給小朋友，感到滿足、幸福、安寧。

老佛爺忽然咬住一卷線，我怕他有危險，誤吞了絞痛腸子可怎麼辦？趕緊搶回，他咬我手指。沒出血，但痛。我喊，不是真哭啦，慘叫一輪。你猜他怎麼樣？

他有一瞬間愧疚，知道做錯事的樣子。然後沒事人一樣在我身邊舔毛。哈！小貓真是大事化小，小事化無的高手。我長知識了，一隻小貓教曉我，有時耍耍無賴，也真管用。我感念他為了思念我差點丟掉小命，一時情急咬我一口，又是忍住沒有狠狠地咬，很快也就原諒他了。

後來發展到我也咬他呢！我會摟着他連連親吻，輕輕咬他小小的耳朵，咬他肉肉的小腿。

即使老佛爺長大了，我還是會輕咬他的眼睛、面頰，配合熱情的聲音，以表達我濃濃的愛意。他溫馴地閉緊眼睛默默忍耐，然後眼睛成了兩個倒放的腰果，一副享受的樣子。

老佛爺愛的語言是咬咬，我也學學。一口毛，也不怕，很有趣。這是我們獨有的親密時光。

老奶奶咬福丸的感覺，我終於也明白了。

> 文人只須老老實實生活着。然後，如果他是個文人，他自然會把他想到的一切寫出來，他寫所能夠寫的，無所謂應當。
>
> ——張愛玲

8

用心生活
~~餵貓貓~~

　　初養老佛爺時，他因厭食一個月，腸胃受了傷，要小心餵養。秋哥叮囑要準時餵食，準確地數好十八粒，熱水浸透了，軟軟的涼涼的才能吃。

　　他第一次扭計吃飯，那餐要晚上9時臨睡前餵。小貓魅力超凡，跟着我在屋子走來走去，楚楚可憐的眼睛，睜得大大的，一時痴痴地看着料理檯，一時望着我，然後黯然垂頭，一副憂鬱的樣子，真叫人不忍心。我差點動搖。

　　我是做教育的，下定決心不被動搖。他的表情帶點不服氣、不開心。老佛爺，我愛你啊！你要聽我、秋哥和薇薇的話。

　　那晚朋友小梅把我和老佛爺的拉鋸用圖像記錄下來，好可愛。

　　老佛爺吃了一會兒，就來找我。我以為他吃完，為他擦嘴。怎知原來只吃了一點點，即是不很餓啦！原來他要我陪！好啦！陪吃了一會兒，我上廁所。咦！他又不吃，守在廁所外，等着我。我便陪他直至吃完，還誇張地甜甜地稱讚他。

佛爺漸漸吃回乾糧，我讓他吃最好的天然糧。他太瘦，我開始餵他吃雞胸肉。他初嘗雞肉，覺得好好味，吃光光。隔天再吃，他先吃了一口，便停下來，來到我身前。我覺得奇怪，是不是不想吃呢？他在我兩腿之間來回踱步揩擦，頻頻側着小頭頭輕輕撞我，十分親熱。他原來在表達感恩！我歡喜讚嘆。他知道我收到他的心意了，才回去吃。老佛爺是懂得感恩的貓。好驚喜。

　　老佛爺後來大好了。我要上班，把一天的糧都放在碗中，任他自己餓了就吃。放工回家，會帶一些鮮肉回來，白水灼熟給他。

　　Joni保姆首先寵壞他，親手餵他吃零食和濕糧。

　　於是我和貓貓講數：「喂，你要人這樣逐啖餵才吃飯嗎？自己一個在家，餓了也不肯吃，等到有人來才吃嗎？你這樣子不好啊！」

　　老佛爺一臉不服氣，倔強地抿着嘴。

　　我把碟子拿到他嘴嘴的高度，他也吃了。我一放下，他又停口，站在原地等我餵。很可憐的樣子。他其實很餓了。

　　然後我就輸了，輸給了一隻貓。

　　Joni後悔寵壞了他。

　　沒辦法，慢慢餵少點，再餵少點。祈禱。他又肯自己吃了，濕糧卻一定要人餵才肯吃。

　　後來他吃厭了雞肉；牛、羊吃了一陣子，也都厭了。有些魚，他聞了聞，不愛吃。蝦蟹是他的至愛。有時我買一盤剛睡覺的蝦，回家挑了蝦腸，白水灼了，他就坐到我身邊，前面放一個垃圾桶。剝開，你一隻我一隻。太大塊他是會吐出來的，要再掰開，小口小口的餵他。曾經餵了生蝦給老佛爺，他吃得很滋味，但過後吐了出來，很辛苦。（他非常好，走入砂盆才吐。）我很後悔，忙查資料，才知道海產一定要餵熟的。

餵他吃新的零食，他聞幾聞，想想，舔幾舔，覺得味道過關了，才安心吃下。給他蔬菜，他聞一聞，沒興趣，就走開了。但他吃番薯，最喜歡粟米。不過不敢多給，怕他消化不了。

他長胖了。擔心他過胖，忙轉了另一隻最優質的天然糧，最近又瘦回了點，可是肚腩仍然垂了下來。幫他洗澡的維哥説他需要多跑動。

老佛爺喜歡我親手餵他，經常向我下命令。他罵我一聲，站到糧碗前，仰着頭，我就乖乖餵他。甚麼教育理念、長幼有序，只好擱一旁。工時長，可以陪他的時間不多，就順着他點。我更明白家長為甚麼會寵壞子女了，其實在寵內心很幼小的自己，很有滿足感。

半夜起床上洗手間，他也跟着起來，又要我餵。我就乖乖的惺忪地餵食。有時他只吃了三口，就昂首離去。很明顯，他想要的是一種感覺：「你是愛我的。我是被愛的。」我也就耐着性子一口一口餵他。在親密關係中，我是容易被欺負的一個，習慣傾向討好。這個與原生家庭的影響有關。我問自己：幹嗎吸引人來欺負自己呢？用心生活，反求諸己。我要學習更愛自己尊重自己。

最怕餵貓貓吃藥。老佛爺這樣溫馴，硬來，也不會抓我，最多只是自己跑開。可是我覺得自己很殘忍，哭了。過了一會，沒事兒了，他見我哭，又走過來看我、陪着我。

他恨極餵藥的針筒，用小手把它掏出來丟地上。我拾起放回原

位，第二天，又掉地上。

我發現貓是不會嗆着的。他進食的時候，很專心，聞聞，瞇着眼睛咀嚼。窗外傳來聲響，他會停下來，確保沒事，才繼續吃飯。我嗆着的次數比他多，因為分心。

他見我忙於工作時，會自己吃飯。

最近買了第一本的人貓料理書《與貓的好味時光》，主要是掏起貓食的那份之後，才為自己的加調味。從前覺得為寵物多做家務很不可思議，如今也進展到鑽研貓食譜了。

最喜歡臨睡時餵他吃他最愛的潔齒餅。我搖動小瓶發出達達聲，他就走來跳上床，踩上我心口，用小手緊張地撥我的手去餵他。吃完，摸摸他，他多數會留下來陪我睡覺。

老佛爺喜歡我的手兜着貓糧，湊到他嘴邊，他低下頭吃，吃完滿手掌都是他的口水，黏黏的怪難受。做夢也沒想到我的手會變成貓的糧碗。

有次掛八號風球，我慢慢剝蝦腸。老佛爺，小的蝦是你的，大蝦和鮑魚是我的。好開心。任它外面漫天風雨，小小的幸福，大大的滿足。

有天老佛爺吃了魚魚，清潔完眼睛和耳朵，跳到灶台看窗。我也坐在他身旁，看他看到的風景。天有一抹橙紅，偶有小鳥飛過。

天漸漸暗下來，變灰藍色。播着悠揚的風琴音樂，奏着《奇異恩典》。我們共渡了寧靜寫意的黃昏。

I like cats a lot. I've always liked cats. They're great company. When they eat, they always leave a little bit at the bottom of the bowl. A dog will polish the bowl, but a cat always leaves a little bit. It's like an offering.

——Christopher Walken

我非常喜歡貓，總是喜歡貓。牠們是極好的伴侶。牠們吃飯時，總會在碗底留下一小撮。狗呢就會吃光亮亮照鏡，但貓總是留下一點點，像是一種貢品。

——克里斯多夫・華肯（美國演員）

9

溫暖彼此
~~一起睡覺的快樂~~

　　冬日，放假。最愉快的節目是和老佛爺一起午睡。起初邀請他、用他最喜歡的潔齒餅引他，他也不來，只是楞楞地蹲在地上瞪眼看着我。我也由他。太睏了，自己睡。黑甜一睡，真酣暢愉快。朦朧間，四隻小手小腳踩上我的身上，有點重量，老佛爺來寵幸我了，我很歡喜。他去到一早為他設定的角落，有毛巾圍繞，又有特別為他縫製的小羽絨被子。他的小頭挨在我枕邊睡覺。

　　小時候，他曾企圖霸佔枕頭中間的位置，我把他抱到一旁，只許他睡枕旁，中間位置是我要睡的。他又走到中間，我又抱他到一旁。如是者幾次之後，他知道了自己的位置，就沒有再霸佔我的枕頭了，乖巧的小貓！

　　忍不住摸摸睡夢中的他，眼睛瞇成一線，和扁扁的鼻子擠在一起，小嘴巴緊緊抿着，憨極了。心中有一份喜悅之情，摸摸他。他的喉嚨發出嗯嗯的聲音，彷彿在說：「人家在睡覺，你又來摸我，真是煩人！唉，算啦！你就是這樣的了。就讓你又霸道一次啦！又真是挺舒服的。嗯，摸我這裏……」然後一臉陶醉微微抬頭讓我摸下巴。半晌，反了肚皮撒嬌，舉起兩隻毛毛的小手要我摸肚肚。摸到我的手有點累了，仍多摸他一會。我是甘心的，因為他太快樂了。

大道至簡，睡覺最補。養生之道只在寢食之間。

我停了手休息一會，他微微睜開眼睛看看我，我向他很慢很慢地眨眨眼，甜甜地說：「老佛爺，我很愛你啊！」他忽然站起身來，走過來用小頭撞我的面，用行動說：「我也愛你啊！」眼水全揩在我面上，我覺得很歡喜。然後，他又中槍似的倒下來，位置更貼近我，背向着我，身子完全貼着我的手臂，毛毛的小頭挨着我的面頰，我呼出來的熱氣都噴到他的小耳朵上了，他也沒所謂，起勁地發出滿足的咕嚕咕嚕聲。我忍不住邊摸摸可愛的他，邊讚美他：

　　「老佛爺，最美麗的貓。老佛爺，最乖的貓。老佛爺，最可愛的貓。老佛爺，最善良的貓。老佛爺，最聰明的貓。老佛爺，最忠誠的貓……」我們都很快樂。

　　我就這樣躺着聽他的咕嚕聲，純然活在當下。甚麼也不用做，時光很美好。在過去兩年半，老佛爺和我一同生活的日記中，最深刻的、最常描繪的，就是相擁而眠的甜蜜。每一次共枕，那快樂，都是新鮮的、令人驚嘆的、教人期待的。有時他的小手抵着我的面。我完全放心，知道他不會出爪。我很有信心，任由他輕輕的按住我的面，他粉紅色的肉墊軟軟的、彈彈的、暖暖的，心中湧起陣陣溫馨。我喜歡側着身子抱着佛爺，中間晾一個茶葉枕，就不怕壓着他了。當然，壓到他時，他會動，我一察覺，就立即縮開。也有試過壓了他好一會兒，他渾然不覺，倒是我感到腳晾到一團綿軟軟的東西上了，怕是壓到他了，連忙察看，果然是，但他照睡。老佛爺真是耐人尋味的貓啊！

　　偶爾有朋友來我家睡，老佛爺也會招呼他們，陪他們睡覺。客人都很驚喜。玉珊歡迎他。Veronica強摟着不准他走開。沛如睡到半夜，老佛爺踩她心口，她想摃他。老佛爺是貪新鮮的，有新朋友

就把我擱一旁，我欣然款客之餘，也有點酸溜溜的。

他會侵佔客人枕頭中間的位置！寬容的馨馨挪開一點讓他，他又挪入一點。馨馨是第一次和貓這麼親近，感到又新奇又興奮。

有個養了好多貓的痴男子，一晚會被貓搞醒三幾次，且引以為傲。他說：「如果養貓的人讓自己有充足的睡眠，那麼他一定不是真正愛貓的人。」從前我想：吓？要為了一隻貓犧牲自己的睡眠嗎？那太離譜了吧！漸漸，我能理解他的意思。幸好，老佛爺非常安靜溫馴，我們一起一覺睡到天亮的日子，還是很多的。

拿電腦上床，打了這篇文章，寫在當下。老佛爺起來，想走上來躺在我大腿上，但見電腦已佔據了中間的位置，他退而求其次，改為挨在我身邊躺下，躺在橙色絲綢被子上，繼續他的甜睡。如果他覺得累了，會直直的伸展雙手，雙腿也往下蹬，拉一拉筋。我也學了這一招，果然蠻舒服的。打完這篇文章，他還在睡。鄰家偶爾傳來裝修的砰砰聲，我輕輕拍拍他小小的心口，安撫他。

睡覺時老佛爺來到腳邊、窩在兩腿之間，是令人很驚喜的事。我喜歡他主動走來與我親近，讓我感到我是受歡迎的、慈愛的；貓兒樂於親近我，提升了自信心。接了老佛爺回家的第一天，就知道，我們會有許多個一起醒來的幸福清晨。很多時，我起床，他也起來，儘管睡眼惺忪，也會看看我做甚麼，堅定地陪着我。我真心相信，有貓陪伴的日子才是人類應該過的好日子。

P.S.我午睡起來跑完一個多小時的步回家，他仍在睡。我見他

最近吃得較少，大概吃厭了火雞味了，可能需要轉另一種天然糧。跑步中途經過相熟的寵物店，拿了一小包五種魚味的讓他試吃。他聞了聞，皺眉頭，小頭微微仰後，十分討厭的樣子，嚛着嘴馬上跳開了。我笑了。

> Cats have it all — admiration, an endless sleep, and company only when they want it.
>
> —Rod McKuen
>
> 貓擁有這一切：崇敬、無止盡的睡眠；和只在他想要的時候才要的陪伴。
>
> ——羅德·麥克庫恩（美國詩人）

10

馴服的美德
~~剪指甲~~

老佛爺未睡醒的時候，是剪指甲的最佳時機。

第一次幫他剪指甲，非常緊張，深怕弄傷他。我看着他的指甲尖，小心只剪去白色的部份，暗暗的那些是血管。

書本教：預備好消毒止血物料，慎防貓一受損，立即止血。我從來沒跟，一次也沒失過手。

即使老佛爺醒來，有點抗拒剪甲，我半哄半命令，堅持要完成，他縱然有點勉強，也乖乖配合。老佛爺真是全世界最好的貓啊！老佛爺有馴服之美，柔順可愛，令人忍不住要多疼疼他！我在他身上學做人呢！

經歷過一次失敗的婚姻。總結經驗，還是自己未夠愛自己，未夠溫柔。反省到這點時，我向前夫道歉，負了我這邊的責任；然後優雅地離場。更重要的是原諒自己，對自己越來越溫柔。《馴服的妻子》一書寫道：「馴服需要耐心與專注。心裏如同油煎、身體疲憊不堪，絕對做不到馴服。照顧好自己與接受丈夫之間有一種直接的關係。」書中又教人列出10項有趣、喜歡做的事，做完之後會讓自己覺得開心的事。

老佛爺睡到夠、吻自己，舔完手手舔胸口、看窗、吃飯、玩耍、躺下來放鬆、享受被撫摸、梳毛按摩的快樂，攻擊一條風中舞動的野草；又有兩名十分疼愛他的忠誠保姆輪流上來陪他玩。他一直做他喜歡做、覺得有趣的事。他常常保持在快樂的狀態，難怪可以這麼馴服。

　　我也睡個夠、疼愛自己、祈禱、閱讀、看植物、跑步、執屋、打扮、跟人互動、泡茶、焚香、游泳、躺下來放鬆、完成一篇篇作文。我也常常教育我的學生，尤其是女生要愛自己，要注意自己的心態，修修口德。因為一個快樂的女人，是使家庭堅壯的支柱。她能馴服丈夫，把他最好的特質帶出來。孩子感受到父母相愛，自然也能有安全感。她們大可向老佛爺請教一下，怎樣能做到溫柔馴服，脾氣極好。就算是大白天，他清醒的時候要幫他剪指甲，也沒有難度。

　　女生宿舍最近新養了陸龜。小晴非常疼愛牠。長期沒有人好好打理，牠的指甲長到打圈。小晴向我求教，我查了些資料，加上我幫貓剪指甲的經驗，就我來吧！小晴抱住龜，我幫牠剪指甲。小晴留意到牠長長的噓了一口氣。完成了，放回地上，爬行也較爽利了。做夢也沒想過會為龜剪指甲。謝謝老佛爺的啟發，讓我愛貓及龜。

　　為貓和龜剪指甲，都是用人的指甲鉗。

> 梳毛、修甲、清理貓砂、一天吸幾次塵，說煩不煩，若是真愛，是會搶着去做的。
>
> ——林夕

11

換個角度看世界
~~老佛爺的快樂日記~~

懶洋洋的早上，毛氈很舒服，睡夢中她摸摸我的肚子，輕輕的，很舒服，那就寬恕她打擾我的睡眠吧！我知道都是因為我生得太俊美太可愛了。好啦！原諒你啦！

本來仍想睡覺，但是她起床了，我就去看着她；她搾果汁。我看看窗外的小鳥，有小孩子的聲音。天氣很好。她上了天台，我也上去逛逛，巡視一下花草。你這小草竟敢在我面前打轉？攻擊！

她坐在遠處看我，喝着蘋果檸檬汁。秋日的風微涼，晨光和暖，溫度剛剛好；好舒服。她望着我。她很愛我。好啦，我行過去陪陪她啦！

讓我逗她追逐一下啦！哈！她怎麼都不及我快的！看她嘻嘻嘻地叫着過來抓我，又抓不到，笨笨的，太好笑了。我快速閃開走避。我很有成功感！

咦？怎麼忽然被她抓住了？這個不可理喻的女人，硬要塞我進小袋子背我出門。哼，以為給了三粒零食，我就會買賬嗎？我跳，唉呀，又被抓住，被強行帶走。算啦！我抓抓毛，舐舐自己，又是美好的一刻。

你帶我去吃你的早餐，又把我和煎雙蛋熱奶茶合照。算啦！我知道有我陪着你，你會吃得更香一點，我就陪着你啦！你慢慢食，我曬太陽。侍應娜姐是我粉絲，過來猛力撫摸我，亂叫我「妹豬」，大獻殷勤。我正眼也不瞧她，只是勉勉強強的忍耐。還是你知我

心，告訴她我是男孩子，而且樣子很不爽。娜姐也就忍住手，輕力點，不那麼粗魯。但是她堅持要叫所有貓做「妹豬」。不理她。

你又帶我上教堂，聞到濃濃的焚香的味道，也沒甚麼。我舔那長長的古老木椅，古早味。旁邊那隻波斯大姐「珍寶」，一直怒視我和我的女人，自己卻又震震震，不知她做甚麼。不理她，我自顧自閉目養神。

這地方雖陌生，但我的女人陪着我，再加上滿天都是天使在飛，圍繞着，我很安心。睡了一覺。

大家陸續走了，珍寶也被她的女人抱走了。我的女人仍然坐着，她閉上眼睛，手中拿一串長長珠子，呆呆的。不怕不怕，有我陪着她。她睜開眼睛了，起來抱我走。有很多小孩子、大人一見到我就好歡喜地笑了。她鼓勵別人摸摸我。嗯，那些陌生的小手，輕輕的，認真的，戰戰兢兢、必恭必敬、帶點試探地摸我。算他們好運，我是寬容的，毛毛的，綿軟軟的，我是非常好的。

剛才來教堂的路上，有個男人痴痴地看着我，眼神中有太多眷戀。原來他家養過異國短毛，也是白色的，說跟我長得很像。牠活到13歲，已經過世了。女人讓他抱我，好讓他得到一點安慰。他的女人連忙幫我拍照。我閉上眼睛，不為甚麼。你要影我，我偏偏要不理你。我女人連連喊我「老佛爺」、「老佛爺」，我只好微微睜開眼睛瞄瞄她。他們不知道怎麼搞的都笑了。

女人抱住我走了好幾條街道，我挨在她心口睡覺，聽着她的心跳，聞着她的氣息，感覺很安心。她親吻我，我一舒服，就會發出咕咕咕咕的聲音。我感到她很愉快，我就快樂。

只要是她帶着我，天涯海角我也去了。很多很多路，我們也一起走過了。多辛苦都好，她總是耐心地疼愛着我。即使出街有點不

生命的意義在於馴服早已被安排的命運。性格好，也會帶來好運。

慣和害怕，但有她在，我就安心了。

她是我心愛的女人，我決定一生一世陪在她身邊。為了她，我曾經要生要死，因為她服侍得我太好了，從來沒有人像她那樣疼我。在我很小的時候就認識她，她疼我、輕拍我、深情地凝視我、撫摸我、向我說甜甜的好聽的說話、為我蓋被，待我好溫柔好溫柔，我覺得很享受。當時還不覺得怎樣，她一不來看我，我就很痛苦很痛苦，吃不下飯。見不到她，覺得還是死去好了！等了好久好久。幸好她終於來看我了，我們終於在一起了。是我選定了她服侍我一生一世的。

回到家中，她又忙着煮雞肉給我吃。我一定要她剪碎了，加點湯，用手指掂起一點點一點點的餵食。有一次她捧着小碗，竟然要我自己吃。我不要！小時候我不懂事，才自己吃。你請來的保姆餵我，餵到慣了，你也跟着餵，我也已經習慣了。好端端的，又要我自己吃？你當我傻仔呀？我面這麼扁，嘴這麼小，生得跟鼻子這麼近，你要我面貼着濕濕的帶湯的雞肉，很難叼入口啊！弄不好，小小的鼻子吸入了湯水，嗆着了怎麼辦？我瞪大了眼睛，眼淚汪汪，鼻塞塞，我用力把鼻尖向上頂了幾下，以示抗議。我動之以情說之以理，她眼看拗不過我，只好就範，繼續乖乖地餵我。我的女人真乖，很好很好。

窗外傳來有人走過的人聲、物件砰的碰撞聲，我要停下來，傾聽一下，確保沒有甚麼特別的事，才安心繼續吃喝。她也乖乖的等待，溫柔地向我匯報情況。我很滿意，就繼續吃了。

來到她身邊已有1年零4個月了。我也由瘦弱的小貓，長成略胖的成貓了。我喜歡我自己，胖胖的才性感呢！

老佛爺

6-11-2016

女人的補充：

街邊偶遇喪貓的那對夫婦，聽到要用普通話喊老佛爺的名字，他才有反應，笑了。

今早他明明渴睡，見我上天台，惺忪地眯了眼睛也行上樓梯。睏得不行，就像母雞蹲坐在梯間打瞌睡，就是要陪着我，好可愛。好多謝好多謝你啊老佛爺，謝謝你的陪伴。

The sympathy and empathy of which a cat is capable when he possesses a human is one of the delights of being possessed.

— Winifred Carriere

一隻貓擁有了一個人，這個人也歡喜被擁有，當中有一種共鳴感。

——嘉里爾（作家）

12

打破框框
~~貓貓善用空間的創意~~

老佛爺很小的時候，有一天，自己跳進一個放茶杯的雜物架，舒舒服服地蜷着小小的身軀睡覺。我笑問：「老佛爺，你當自己是雜物嗎？」覺得很新奇有趣。

他喜歡探究空間。有一次，我坐在家中，發覺不對勁，不見了他。打開櫥櫃，他果然在裏面，也不出聲。我就知道，剛才我取物件時他輕輕巧巧的，不知不覺偷偷走了進去。

收拾書桌抽屜，也是如此。一清空了，他就跳進去，露出成功的表情。

清空了碗碟架，轉頭他就躺了進去。老佛爺！你當自己是剛洗好的碗碟，要晾乾嗎？

剛洗乾淨的鑊，抹乾，放在爐上晾一晾。貓跳了進去窩着，舒舒服服地舔手手。好一會兒之後，我才發現。老佛爺，我不吃貓肉的啊！邊笑着邊幫他拍照。這照片在貓雜誌 *Cat's Life* 刊登，獲選為本月之星，得到貓糧兩包。

貓沒有概念，不需要複雜的想法，所以也沒有框框。他只是按

自己舒服善用空間，所以可以創意無限。

他喜歡坐在爐灶上。那圓形的爐頭也難不倒他，他的雙手向前伸，柔軟的身軀剛好圍了個半圈，尾巴剛好晾在兩個扭動的開關掣上。冬天怕雲石檯面冰了他的小肚，預先墊上毛巾。試過煮食時，火燒斷了他一根貓鬚，弄彎了幾條鬚子。我心疼地立即抱開他，連連道歉。他呆呆的，沒甚麼表情，也沒甚麼反應，真是處變不驚。

我在洗手間的洗手盆發現一個圓形的金屬圈子，外包着一層黑色的膠。我不知道是甚麼，擱了一段日子之後，丟掉了。後來發現洗手盆有一個洞洞，禿禿的。我才知道是小貓用他的小手挖了這個配件出來，是用來封着另一邊的去水位的。

貓不時和我發明新的親密、新的接觸方法，有新鮮感。情感有連繫，很窩心很甜美。

有晚在書桌上練字，貓躺在旁邊陪着我。練完，擱下紙筆，輪到我看着貓枕在我掌心入睡。我一隻手托着自己的頭，另一隻手托着他的小頭。新買的蘭花正靜靜地開出紫色花。悠閒，喜悅，讓頭腦放空。

有次我準備好香茶、好書、日記本子。貓在我裙襬中捲曲着身子睡覺。貓把手搭着我的手，又把頭枕在我左手手心。右手就騰出來拿筆寫字。

創造性的力量將我們帶往新鮮事，永遠持續地前進。哈！下次我要躲在⋯⋯

收拾行李的時候，他跳進去。

打開結他盒時，他也不會放過巡視新環境的機會。

有時候會送他一個紙箱，他愛躲進去。試過在家中用手抽袋提着老佛爺走來走去，很有趣。

有新家具或調動家中佈局，他總會好奇地感受變化，找出令自己最舒服的位置。老佛爺彷彿在說：「不用理會別人的期望，關注自己就可以了。」

台灣作家張德芬有一場教人幸福的演講，短短的，相當精彩，我播了很多次給學生看，也是給自己看。她說要讓幸福成為第一優先考量：真心誠意想自己幸福，自然放下對別人目光的倚賴。是啊！那些叫自己不快樂的框框，那些老舊無用的觀念，要審視和衝破啊！

老佛爺老早就知道了，他天天在示範怎樣愛自己，自己舒服就好。家中有一張餐椅，靠背是一個個不規則的小洞洞。有一天，老佛爺高舉後腿晾在其中一個洞洞內借力，輕鬆又有型地舔毛。看到他這樣使用椅子，很驚喜。

他最常逗留的地方是放糧碗的方型籃子。他也把腳晾在籃框，舒服地舔毛，也用來晾着小頭睡覺。

在家的時間不多，我盡量想親近老佛爺，所以也發展出方法，讓我一邊做自己的事情，一邊享受他的碰觸。我看書，書立用架子

晾高了，貓就躺在書下，我可以一邊看書一邊陪他。有時靠在床上寫作，把腳伸直，上面放一張摺疊式的小茶几，放上電腦，貓就走來躺在下面。

為了幫他剪指甲、刷牙，我有時得跪下、蹲着、用腿夾住他，創作實用的體位姿勢，有時也頗吃力，幸好曾學瑜伽。見到自己創意增長了，也很快慰。

睡覺時，貓會選擇意想不到的方式寵幸，有次他鑽到我頭頸之間，躲在下巴下熟睡，我側身抱着他。有時整個貓身貼着我的手臂，又親密又舒服，我擁着枕頭，不會壓着他。老佛爺出題，考我對空間的應對。

早晨，他跳上床來，離我稍遠地躺下，我摸摸他，但要伸長手，有點不順。我用腳把貓撥近自己，他乖乖的任我移動。於是我很舒服地摸到他下巴和肚肚，他也很舒服地枕着我手臂睡覺。

對於老佛爺善用空間的創意，我甘拜下風。

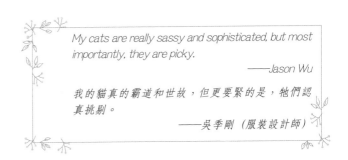

My cats are really sassy and sophisticated, but most importantly, they are picky.

——Jason Wu

我的貓真的霸道和世故，但更要緊的是，牠們認真挑剔。

——吳季剛（服裝設計師）

13

幽默感
~~貓是搞笑高手~~

老佛爺小時候喜歡看我醒鼻子，一見我丟紙巾，即去翻垃圾桶，捕獲紙團，叼一旁撕咬。這頑皮的小貓，叫人又好笑、又着緊。我連忙追着奪下放垃圾袋中、封好。買了有蓋的小垃圾桶。

男孩子真是喜歡球類活動，連貓貓也不例外。給他一個波波，自己追來追去。沒人跟他玩，老佛爺自己推波波落地追，跳起，翻滾，急跑。喜歡看他毛茸茸的小手撥弄小球，還叼着走呢！瞪大眼睛，神情着緊，真是又笨又可愛。

老佛爺向保姆撒嬌，撒到吐出舌頭。

他後腳爪舉到腮邊搔面部的毛，邊抓癢邊吐出舌頭舔空氣。好傻。

老佛爺突然快速晃動他的小頭，似乎要抖下甚麼。我聯想到宮崎駿的森林精靈，那群白色磨菇頭透明的小生物，驚異時會格格格地快速轉動頭部。

老佛爺閉着眼睛靜靜地躺着，氣氛一片祥和，忽然，他坐了起身快速地舔胸口的毛。一下子反差太大，我笑了。看過一齣卡通片的片頭，主角是配劍的貓，殺氣騰騰地走入了一間酒吧，眼神非常

喜悅能夠緩解壓力，有治療功效。真正的喜悅
由內心滋生，不會被外界影響，不被人左右。

冷峻。忽然，牠的飲品上來了，是一盆牛奶，牠立即趴下來歡喜舔飲。我笑到呢！

剛睡醒，惺忪地站在床上，忽然沿地再站高一點，煞有介事地深呼吸一下。

老佛爺和我爭椅子坐。他站在木椅上，我勉強擠過去挨着邊坐。彼此貼着，非常親近。我覺得很甜蜜。

老佛爺在書桌上，我和貓玩躲迷藏。我用書立遮住臉，伸出頭看看他，又躲起來。再看看他，又躲起來。他樂了，哼一聲快步跑過來捕獲我，親我嘴嘴。嗯。

寫日記，貓來壓着日記本子。我要拈起他的小手，才可寫字。要把本子拖開，才可翻到下一頁。我笑了。
寫作，一口氣寫了六張原稿紙，寫得好順好開心。忽然，老佛爺按着我的筆，一臉嚴肅：「你！寫作太久了。不許再寫。快陪陪我。」我笑了。都好，反正累了，小息，喝杯甘筍汁。感謝老佛爺管家。

一晚，運用「斷捨離」法則，收拾最常用的廚具抽屜。老佛爺一直在爐灶上懶懶地看着我。一轉身，他就霸佔了新清空出來的空間。笑了。貓，很能逗我笑。謝謝你啊！老佛爺。

他鑽進跟他身形相仿的小架子中，像穿了一件方衣服。在網上看過小貓穿進廁紙筒中，好可愛！
他喜歡聽撕紙的聲音，看我揉成一個紙團，然後拋出去，好有戲劇性。他追撥、跟它搏鬥。忽然又站定定舔毛毛。

感謝李淑鈿好友畫老佛爺睡姿。

一晚，Joni保姆叫老佛爺看她：「有嘢睇呀！有嘢睇！」

老佛爺木然地抬頭，眼神冷冷的：「有甚麼好看的？」

Joni跳舞給他看。

然後老佛爺露出沉悶的表情，微微嘭着嘴角，眼看地下。這是他對她舞姿的評論。

Joni懊惱：「是我跳得不好。」

真可憐。

在天台，忽然，老佛爺神情緊張，伏下身子，炯炯有神地注視前方地上「獵物」，煞有介事地屏息靜待。出擊！迅猛攻擊一片落葉！

風吹動地上枯葉，貓被嚇到了，四腳急忙同時向後彈跳開去。我笑到呢！

春暖花開。老佛爺在大大朵粉紅色茶花下看中了一隻蜜蜂，伸出小手捕撈，人家翩然飛高，早去採另一朵花的花粉了。

我說：「老佛爺，小心蜜蜂針你呀！」其實不用擔心，他這麼慢，蜜蜂應該不會放他在眼內。

有時故意扮找不到他，他突然跑出來，我誇張地稱讚。我想我是世界上說「老佛爺，我愛你！」說得最多的人，慈禧泉下有知，不知作何感想。

他趁我逐粒逐粒餵他吃糧，乘機咬咬我，又把糧吐出來，要我拾回來再餵。唉！我奴才似的。

我在每扇窗子旁邊都放了不同的小天使公仔。老佛爺看中了一個淺綠色布面的磁石貼小天使。他用小手撥弄，有時叼着把它藏在暗處。我總是找回來，把它貼在矮鋼櫃面。他就一臉嚴肅全神貫注地用小手抓它落地，撥打它。把它甩到老遠，又全力追捕，抓住了不住舔，自編自導自演。

有次他站在矮鋼櫃旁，腳邊就是小天使。原來他在等我把小天使貼回原位。我一貼好，他就立即發動攻擊。這個貼磁石與剝它下來的遊戲，是我們不經不覺間共同開發的。保姆打掃時在沙發底發現小天使，把它洗乾淨，晾乾。總會還他的。

抱着老佛爺出街，自然結識到貓友，聽他們説説家中貓的趣事。

「我家的貓以為自己是人，蓋被一定要覆蓋牠的身子，只露出頭頭。」

「貓貓喜歡我打牠屁股，常伸小屁股給我。」

「我家的貓只吃吞拿魚，加入了其他的，都一概不吃。」

「我家的貓喜歡我洗乾淨頭髮。我一洗完吹乾，牠就會來咬我的頭。」

幾年前，學校早上集隊，勁賢老師宣佈。我在矮石圍欄坐着，上面放着勁賢老師的咖啡。學校的貓香檳走過來，對他的飲料很有興趣。我對貓也很有興趣，想看看牠會否真的能把毛毛的貓頭塞到杯中去。牠果然做到了。正在喝的時候，勁賢老師回來發現，驚叫一聲，我笑了。香檳快快走開，他拿起咖啡繼續喝。

如果當時我知道貓不能吃人吃的食物，當然不會任香檳喝咖啡。

同事玲玲説：「我吻我的貓時，牠拒絕，一手按住我的嘴，大大力的！」她抓癢時已沾染了貓的神態。她會扮貓給我看：上次開會時，她把一條魚零食一骨碌放入嘴裏，像貓般咀嚼，看得我很歡喜。

她的貓帶給她的禮物是：甲由。

幸好我家沒有蟑螂，老佛爺也未見過老鼠。有次有隻壁虎在老佛爺身後，他卻渾然不覺。他送我的禮物，是他心愛的橙色布胡蘿蔔。有時，睡醒了，才發現原來壓着這個小東西，難怪睡夢中有一陣子覺得怪怪的。但是我很開心，舉起胡蘿蔔，向老佛爺致謝：「原來你送我禮物，好多謝你啊！」他的表情很趣致，有點洋洋得意，彷彿在説：

「你終於發現了？」

「原來你想我跟你玩。」我很抱歉自己這麼遲鈍，過了一晚才發現。於是丟給他追趕。

有時摺被，抖開又發現胡蘿蔔，心中覺得甜絲絲的。不過怎麼老佛爺送來送去都是這條橙東西？

也許在老佛爺眼中，也覺得我很搞笑吧！他要我陪他玩，主要是他玩我。我拋出波波，他跑跑，追逐過一兩回。然後站着，看我拋、走去拾回、再拋，再拾回，傻瓜一般。後來，我終於放開了，傻瓜就傻瓜吧！吊着冷球快樂地跑來跑去，並且學貓跳起。老佛爺很開心，追逐我追得久了一點。這是老佛爺喜歡的優質時光。

Gary Chapman《五種愛的語言》一書，列出讚賞多謝的愛的言語、禮物、優質時間、身體接觸和服務五種表達愛的方式。我覺得

老佛爺五種都喜歡。老佛爺也全給我了：咕嚕咕嚕、小禮物、靜靜陪伴、黏着我和舔我。

最重要的是，他能叫我笑。

Having a bunch of cats around is good. If you're feeling bad, you just look at the cats, you'll feel better because they know that everything is just as it is. There's nothing to get excited about. They just know. They're saviours.
——Charles Bukowski

有貓群圍繞是好的。如感到難過，只要望住貓，自會覺得好過些，因為牠們明白每樣事物如其所是。沒有甚麼是值得激動的。牠們就是能處之泰然。牠們是救星。
——查理．布考斯基（德裔美國詩人、小説家）

14

實踐理想
~~帶老佛爺去上班~~

　　心情興奮。早一晚已收拾好貓砂、老佛爺小時候用的藍色塑膠盤子。一早餵食，他吃得不多。我叫他快去大便吧！叫了他三次，他都沒有去。不怕，反正帶着廁所出門。

　　等學校的船，在碼頭，一個剛學會走路的小小女孩見到老佛爺，十分歡喜，媽媽帶她過來看看他，第一次摸貓貓。她們要走了，揮手跟貓貓道別。同事張導師也摸摸他，我很快樂。

　　船的引擎聲轟隆轟隆的，老佛爺很緊張，張開嘴巴大口喘氣。我抱住他，不住摩挲安慰。他感覺好些。

　　到女生宿舍要走一段20分鐘的山路，我抱着胖嘟嘟的老佛爺上山，流了很多汗。行到宮粉羊蹄甲盛放的粉紅色的花樹下，Lam Sir為我們拍了一張照片，紀念這個美麗的春日。

　　感謝同事馨馨先跟善妒的Happy狗狗做好心理準備，免得牠不開心。又撥出一間小琴房給老佛爺。老佛爺很乖，不會拿琴腳來磨爪。小慧早已把小室的雜物移走，掃了塵。老佛爺一駕到，小嘉立即用清水拖地，大家除鞋入內。

　　老佛爺找到地方躲起來。小晴用冷球逗他，很快就引得他出來追撲，反轉肚肚給她摸，又舔她手指。小晴站在門外，關上門，只餘下一線，伸出一隻手指逗他，老佛爺立即用小手追捕。

小雯也學小晴，躺在地上，把腳從櫃的邊緣露出來逗他。老佛爺用小手捉她的腳。她哈哈笑。

　　小若有鼻敏感，戴着口罩入來餵佛爺吃飯。

　　「好似棉花糖呀！」

　　「好得意呀！」

　　「他好舒服啊！」

　　「他這麼可愛，難怪你會這麼掛念牠啦！」

　　「呀！他握着拳頭舔手手，好可愛啊！」

　　「今晚他留下來睡覺可以嗎？」

　　女孩子們歡喜地欣賞老佛爺每個表情的轉換、抓抓癢、閉目、睜眼、跳躍、走動、攀爬，都帶來歡樂和驚喜。

　　大家去了主日崇拜。我有一段和老佛爺獨處的時光。他爬上我身，伸直頸項，把小頭來回揩抹，要親吻。大概他來到陌生的地方，有點不安，親密可以減壓。又或者，他喜歡我帶他來和許多可愛的女孩兒玩，吻吻我表示感恩。

　　玲玲幫他梳毛，微笑道：「我們天生都是貓奴，不服侍他不舒服的。老佛爺真是好溫馴。」

　　我叫小苓聞聞他的前腳掌，她聞了，驚嘆：「好香呀！好似BB仔的香味。」

　　「你看看，他睡覺的樣子好惹笑。」

　　「老佛爺，你別睡覺啦！陪我玩啦！」

　　老佛爺好累，睡眠不足。又睏，忍不住又要追他們玩。

　　玲玲很體貼，和小苓退開了，好讓貓能眠一眠。我不住回答提

張詠詩同學畫老佛爺
嬲嬲貓，很神似。

問，為他們拍照，也累了，就躺下來小睡一會兒。原來小慧想進來看看老佛爺的，見我們睡了，體貼地自己去溫習功課。

同事多多跑完步，怕自己很臭，試探地問可不可以進來看老佛爺呢？可以呀！歡迎！我把貓糧放她手中，兜着像隻碗，我請她拿高一點，讓老佛爺吃得更舒服。他吃了很多。然後躺在藍色盤子中睡覺了。仍然未大便。

大家都注意不要大叫或突然發出大的聲響，老佛爺很悠然地睡了一覺。

小晴和我看着貓酣睡。春日的陽光照進來。空氣中瀰漫了閒適。甚麼都不用說，甚麼都不用做，純粹只是看着老佛爺睡覺，已經感到很幸福，有點像置身天堂似的。

快要下班了，我趕緊叫小慧和小愉來看看貓。為女生補課的B Sir也來，猛地撓老佛爺的下巴，十分熱情。老佛爺也沒所謂。

總結而言，老佛爺的表現非常淡定。同時有三個女生摸他，他仰起小頭閉目享受，一派悠然。彷彿在說：「來摸我吧！來喜歡我吧！服侍我吧！我天生就是要被膜拜的。」

我讓學生摸到最後一分鐘，才把老佛爺放袋中背着下山離開。大家都很歡喜地跟他道別，期待下一次的相聚。在船上，馨馨幫忙輕按佛爺的前額和耳根，有助他在轟隆的引擎聲中放鬆；Ken Sir慈愛地摸摸他的小頭。馨馨聞了老佛爺的前腳掌，覺得香香的；後腳掌的氣味較濃；豪Sir也來聞聞。這程船變得十分溫馨。

上一次老佛爺來學校，是兩年半前，還是小貓，很瘦很輕。下次再來，不知道會不會更重了呢？

學生有甚麼體驗呢？我要她們寫在成長日記中，開心的東西要專心記起，並練習寫作。

小雯識字不多，努力寫道：「盼望已久的老佛爺大駕光臨！牠來的時候我正小休，睡得迷迷的。聽到有人叫老佛爺來了，我就快快起來，走到門口迎接。我看見 Miss Leung 抱着老佛爺，出了滿頭大汗，但她依然很開心，燦爛地笑。

她坐下來，一邊微笑，一邊輕輕地撫摸着牠。老佛爺很舒服的趴在她雙腿上。

起初牠躲在桌子底下，樣子萌萌的，傻傻的，很可愛！我用毛冷球逗牠，牠就盯着，趴下來，準備攻擊。一跳，雙手抓着小玩具。牠不住追着、跳來跳去，很可愛！」

小晴寫道：「星期日是我第一次見到老佛爺。那天我站在女生宿舍門口等着 Miss Leung 帶老佛爺回來。看到了！牠在 Miss Leung 的手臂中，很小，比我想像中的小。牠再次回到這個既陌生又似曾相識的地方。在等待小琴室清潔的期間，我已蹲下來不斷撫摸老佛爺。牠好像很害怕、很緊張。但當牠進了小琴室，好像沒有那麼緊張了；牠到處找一個舒適的位置安頓下來，然後我就和牠玩耍。牠真的是『貓如其名』啊！初看，覺得牠有點惡。牠的眼神很『殺死人』。其實牠很易親近，不覺牠高傲。牠的毛很軟，讓人摸上去很愛不釋手。我摸牠的頭，牠用牠的舌頭去回應我，感覺很癢啊！那有倒刺的舌頭不斷在我的手舔呀舔呀，這一刻真的很美好啊！看着牠安詳地在小琴室睡覺，真的想把牠擁入懷中。

為了老佛爺，我犧牲了跑步的時間，也犧牲我的血！我不停地被蚊子叮。但這些也阻擋不了我和老佛爺。跑步還有其他日子；血，我多的是。但老佛爺是個稀客，短期內都不會再來了；所以我

寧可犧牲跑步的時間和我的血去事奉老佛爺。牠很討人喜歡，我已被牠軟化，忍不住變成了老佛爺的貓奴了。真希望可以再看到老佛爺！」

小若寫道：「那天早上，老佛爺來到時，每個姊妹都迫不急待跑去歡迎牠。老佛爺，你好！一直以來只從牠主人 Miss Leung 的口中聽聞牠的故事和日常的可愛舉動，並未真正見面。終於有機會可以見到牠了，我很興奮呢！但在小琴室只逗留了一會兒，便鼻敏感了。雖然很辛苦，但我不捨得不和牠玩。我出去透透氣，下一回合，再繼續！牠絕對是我見過最溫馴的小貓，牠的單純完全地表露了在臉上；只要伸手一摸，就感覺到是安全不會被咬的。牠開放被摸的態度吸引了每一個人，我十分喜歡把牠抱起，儘管全身都黏了牠的白毛。抱起老佛爺的時候，喚起了我和我家小貓相處的情形，有點兒掛念『大舊飯』。希望有機會看到老佛爺，能再聞聞牠那香噴噴的小貓掌。」

小嘉寫道：「牠十分可愛。我喜歡牠的單純，比我還要單純。」

小慧有天份，她寫道：「看見胖胖的老佛爺，就很想摸牠。我摸摸牠毛茸茸的背、頭，捉着牠的小手，按捏牠粉圓的肉墊子，很可愛的感覺。抽手回來看到牠傻傻的樣子，不禁按按牠扁扁的鼻子。老佛爺隨即抽了一下鼻子，走回牠的盆子。牠與大家玩了一整天，一臉倦容。我便在一旁靜靜的看牠酣睡，汲取牠的悠然美好。」

這次是學生最踴躍交作文的一次。

回到家，佛爺立即小便。他非常累，連連睡覺，累了兩天。辛苦你了！老佛爺，謝謝你，啟發大家仔細觀察、用心感受、促進文思、改善文句、學用句號。帶你回來上班，值了！謝謝你帶給大家歡樂的時光。也陪伴了我實踐理想。你是最佳小助教！

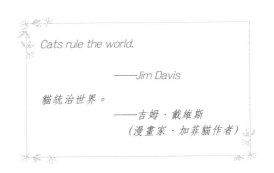

Cats rule the world.

——Jim Davis

貓統治世界。

——吉姆·戴維斯
（漫畫家·加菲貓作者）

老佛爺統治世界
　繪畫：關曼霞

15

心有閒暇
~~貓與詩意~~

日子是詩。
日子是甜的。
日子緩緩地過。

放工回家為盆栽澆水，然後坐在沙發上休息一下。夕陽的光芒透過橙色的窗簾，映得高高吊着的黃金葛份外青翠明亮。滴、滴、滴、滴。老佛爺走到盆栽下面，是他首先發現水溢了出來的。我來到貓身旁，一起看着花盆滴水；時間彷彿停住，只有滴答的聲音。因為貓覺得新奇，我也覺得新奇，以初心看着家中的景象，彷彿是從未有過的新鮮事兒。

任由地上積了一小灘水。不用趕急。放下操控，無須立即糾正拖乾。心有閒暇，覺得這刻很美。有貓陪伴，平凡的日子變得美好。

過了一會，小貓想把一隻腳踏進水中，我還是輕輕攔住了他。有黑色的泥屑呢！怕弄髒了他雪白的小手。他也乖乖站住。就這樣，一人一貓一起站着，再看一會花盆滴水。很享受這刻的凝聚。我已把當下的詩意存在心中，覺得夠了，就用腳拖來地布，隨便擦擦，吸走了水。沒戲了，貓和我各自走開，散場。這也很有趣。忽然有點明白林黛玉為何喜散不喜聚。

偉大的藝術感動心靈，提升我們超脫
平凡的日常生活。藝術長存，超越死
亡，激發它的靈性更是永垂不朽的。
　　　　　　　　　　　——海寧格

王國維先生在《人間詞話》中提到:「有我之境,以我觀物,故物皆著我之色彩。」這有我之境,雖不及無我之境界高遠,仍然要由動之靜時得之。有時,靜一靜、慢下來,能享受生活,也更能帶著詩意生活。貓是詩意的,他自己靜靜地看窗,可以看很久。他自己也成為了一幕風景;我看他,也可以看很久。顧隨先生在詩詞講話中,也說到人的心要有閒暇,才能做詩。就算不懂作詩,至少也得學去看懂古人花一生的心血寫下來的詩。貓幫我慢下來、放空,令閒暇變得悠然,也更貼近詩境。

唸文學碩士時,杜家祁老師教我欣賞詩中的獨特意象與精彩的比喻。有一首翻譯的詩,印象很深:

霧
踏著小貓腳步而來
靜靜蹲坐
細細俯視
海港和城市
然後再起行

作者找到霧和小貓令人驚異的相似點:他們都隨自己的意思行動,忽然逗留一會兒,好奇地看。看夠了,按自己的心意離開。霧,像是貓;海港和城市,像是老佛爺定定地俯視著的小路和花盆。我猜作者一定愛貓,一定細細地看過貓。

有天晚上,我哭了。貓在床下伴著我。我嗚咽著俯下身子看看他。老佛爺本來趴在地上,立即站起來,蹬直一雙後腿,雙手搭在床緣撐高身子,用嘴親吻了我的嘴,然後立即跑開。我的心融化

朱雀橋邊野草花，烏衣巷口夕陽斜。

了，甜甜的。悲傷仍未完全散去，苦卻轉淡了。他吻完即走，好似很害羞；剩下我一個人，楞楞的，呆了。靜靜地，觀察着心，喜悅像漣漪般漸漸擴散。很有趣，樂了。

有貓就有詩意。

在誠品買一客冷麵，店家抱歉要我等5分鐘。我雙手擱在玻璃窗上，看人處理食材。沒有不耐煩，覺得很有趣。忽然覺得，自己身體上流傳着老佛爺的視線，承襲了他對時間的感覺。

日子，總是會過去的。終結的時候，希望甜的時候比苦澀多。肯定是可以的，因為我願意。老佛爺願意跟我過日子。我也很願意和老佛爺一起過富於詩意的小日子。

Authors like cats because they are such quiet, lovable, wise creatures, and cats like authors for the same reasons.
——*Robertson Davies*

作家喜歡貓，因為牠們安靜、可愛，是聰明的生物。而貓喜歡作家，也因為相同的理由。
——羅伯遜·戴維斯（加拿大小說家）

16

文學的美好
~~錦罽暖親貓~~

天氣轉寒，這兩天忽想起《紅樓夢》中有句詩：「錦罽暖親貓。」喜歡了貓之後，連帶這句詩也喜歡上了。這是林黛玉和史湘雲在蘆雪亭中，兩個有文采有靈氣真性情的清純女孩兒在詩社中的聯句。湘雲道：「石樓閒睡鶴，」大家鬥急才，也鬥立意，搶着說，黛玉笑得握着胸口，高聲嚷道：「錦罽暖親貓。」主人心愛貓，親愛的貓要用華貴的罽子包住，暖呼呼的。人和貓都很幸福。

陸游的貓可沒這樣福份。他的詩云：「裹鹽迎得小狸奴，盡護山房萬卷書。慚愧家貧策勳薄，寒無罽坐食無魚。」古人的習俗，要用魚或鹽禮聘一隻貓。貓保護了陸游的藏書免被鼠吃，他心中很感激牠。陸游的心是柔軟的、充滿深情。我想他是愛牠的，對牠很有人情味，自己俸祿微薄，寒冬沒能提供暖罽給牠坐，也沒能請牠吃魚，很是慚愧。換了是黛玉的貓，該有罽坐、有魚食。

沒見到黛玉在賈府有養貓的痕跡，也許小女孩時，在江南的家中有養過。但我猜想曹雪芹一定和貓親密相處過，用心愛過貓，所以能寫出這麼精警的詩句。他編排給黛玉說這句詩，真是好。如這詩給忠於建制討好權威沒有自我的寶釵，就不咬弦了，要派就派隻狗給她好了；給李紈也不好，她青春喪偶，被困在禮教中守寡，動彈不得，哪像貓那樣忠於自己？湘雲也配，但她心胸開闊豪氣干雲，曹雪芹已分派了一隻鶴給她，也呼應她那次喝醉了睡在花園石

椅上，滿身鋪了落花那場好睡。探春又美麗又能幹，能管治好家務，通情達理，又能尊重自己，她的格局是大的，所以貓的詩也不派給她，派隻老虎給美麗的她也不雅。黛玉最適合了。

此刻窗外北風呼呼的吹得極緊，天文台已發出寒冷天氣警告。床上的電暖氈已開了，腳上穿上襪子，而且貼了暖貼，蓋了兩張棉被，穿了兩件羽絨。老佛爺陪我午睡。我睡不着，他倒好睡，睡在購自杭州的銀白色絲綢被面上面。我把親自為他縫的羽絨被子蓋着他。街上有人推重物經過，砰砰幾聲，他抬起小頭張開惺忪的眼睛，看看是甚麼擾了他的好夢。我拍拍他，跟他說：「啊，沒事兒，有人經過罷了。」安撫完，他又入睡，十足賈寶玉那樣的公子哥兒，有丫鬟專門服侍睡覺。

天氣雖然寒冷，但老佛爺和我都很溫暖。

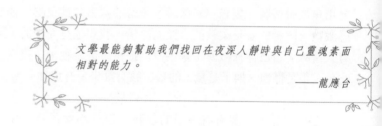

文學最能夠幫助我們找回在夜深人靜時與自己靈魂素面相對的能力。

——龍應台

淺色初裁試暖衣，畫簾斜日看花飛。

17

順着流走
~~貓和剪紙~~

那年夏天，老佛爺還是咖啡店的小貓時，我要到另一個地方出差，哭着離開了他，知道思念從此生根。可是人生是向前走的，順着流走。

工作告一段落，我去了一座古城散心。那兒曾是13個王朝的首都，春天時以盛放的牡丹聞名。前年曾和大家姐跟旅行團看過，花團錦簇，可是只能逗留半天。那古舊的街道，夜市仍開放的毛筆店，與國家一級的博物館，仍然很想慢慢細細逛逛。

這次自己一個人來，沒有計劃，順着流走。在長途巴上偶然遇到一位學書法的女學生，推介了老街的客棧。那是城中僅有的一段古城牆，青磚砌的石板街道，加隻馬就有踏踏的蹄聲和美麗的錯誤了。我不是歸人，是個過客，住進一間旗幟飄揚的客棧；大銅釘門、兩進的房子，中間有小小的亭園。木門木窗格子、酸枝大床、家具、大紅牡丹花床鋪，處處透着古樸的味道。

客棧不遠處有剪紙店，跟這老街很搭配。一入門就很喜歡那白底藍色荷花，也喜歡那肥肥的永遠碩壯的紅牡丹，立即買下。一個人旅行，反正閒着沒事，就問問可不可以學，學費多少；學會了，就可以多一樣有趣的玩意教學生。年輕的剪紙師傅二話不說，立即

免費教授。就這樣，我認識了楊楊。廿四歲，很高、略瘦，長年低頭剪紙，背有點點向前的傾向，但無損他的俊美和那柔和的書卷氣。我也無暇看他，因為被他剪出來的作品震懾住了。他工作檯的兩邊掛了紅色布幔，是他花了三天細細縷空剪出來的！極簡樸也極華麗！那平凡的紅絨布上呈現了花葉祥雲，非常複雜，非常艷麗。我多麼想自己的大床前也掛上這樣的一張幔子！那麼每天一睜開眼，看到的是美麗的花花世界，多麼悅目，多麼賞心。

楊楊是一個很安靜的人。在他店內，我和他靜靜地各自剪自己的紙。我非常投入地剪窗花，紅紙摺八摺或六摺、裁邊、縷空，不剪斷就好，一打開，中間有大大小小的對稱的洞洞，是可觀的，夠喜氣的。在困頓的旅途中，有個歇腳的地方，又可接觸美、找到一條認識中國文化的線索，真是快樂。本來我就愛看古今文物中的花紋，剪紙可說是所有吉祥符號的記錄、傳承及呈現。

歲月靜好。剪刀在紅紙間滑動，有很多專注，有很多對美的思考和營造，每一刻都很放鬆而又充實地過。我又買來了線香，讓空氣中多了一重美麗的氛圍。我用香灼出一個個洞洞，很圓，很俐落。

剪紙如人生，捨掉不適合的觀念，把生命縷空，讓自己成為一幅美麗的圖畫。

楊楊的人很好很好，他的店也很好很好。可是，我總覺得少了點甚麼。

楊楊給我看他製作的簡報，逐個老奶奶解說她們的生平、作品、立體地呈現了她們的藝術成就。簡報顯示出極佳的選材、分析及歸納能力，比很多唸過大學的人還強。但我更欣賞的是他的熱忱！他數說這些剪紙大師時是這麼投入，整個身子向前傾，面上有種興奮的神色，有種光芒圍繞着他。店中只有我一個客人，有人來看看又走了。我覺得這小店有着甚麼更深邃的東西在背後。有點淒涼，又很溫暖。

老奶奶都是國寶級的剪紙大師，名字被列入世界文化遺產中，都是平凡而又不平凡的農家婦女。有一位，她所生的孩子都夭折了，剪出苦澀頓挫的鋸齒紋，濃重的悲痛感染了我的心。又有一位，同一幅「餵雞」中，有兩個敍事角度：一個是人的側面，讓人一看就知道是餵飼的人；另一個是從上俯視下面，見到那人手中拋出去的飼料，用線代表，劃出一條條軌跡，連着一群向中心靠攏的雞。她應該沒看過畢加索的畫，卻非常有創意地加入了「時間」這個元素在內。

楊楊又說了一個老奶奶一生剪了很多憨態可恭的老虎。後來中央美院的講師請她來示範，她第一次離開她所居住的窰洞，來到京城。他帶她去動物園，看到真的老虎，老奶奶感嘆：「原來老虎是這個樣子的！我一直剪錯了！」嚇得老奶奶不敢再剪老虎。我想那講師應該後悔得吐血吧！

又有一位老奶奶撿柴時，誤觸一棵枯樹中的蜂巢，被針了好多個包包。她逃回家中，又痛又氣憤，一邊唱歌，一邊用黑紙剪了棵枯樹，用不同顏色的紙碎剪出了蜜蜂，訴說出被針刺的一幕。楊楊

懂得背誦老奶奶為紀念此事而作的歌謠，我僅僅聽到「洞洞洞、痛痛痛」，真想把那老奶奶抱住好好疼疼。

這些偉大的剪紙大師，一生都是在貧窮的農村中生育兒女、做飯，受丈夫打罵，然後拿着剪刀，把一切辛酸化為美麗的剪紙。

楊楊帶我吃了湯湯水水的水席，有次更在他店裏吃家常菜。我這個旅人，得到款待，很開心很溫暖。剪紙時隨手用香扎出一個個洞洞，楊楊讚我有創意，把我的作品貼牆上，我受寵若驚。順着流走，真是好啊！

雖然如此開心，但我仍然覺得店內缺少了甚麼。

對了，少了貓。原來有貓的生活，才是人類過的正常的生活。我跟楊楊說我愛上了一間咖啡店的店長貓的事，他會過來親近我，睡在我臉旁。然後，楊楊為我照着老佛爺的相片，剪了他帥氣的模樣，剪了小貓圓圓的眼睛，那毛髮剪得很細很細，老佛爺的尾巴牽連着蔓生的枝條和花兒，美極了！我很感動很感動。那時以為難再見到老佛爺，至少可以看着他的藝術作品。楊楊為老佛爺剪的剪紙，用相架鑲好，一直佔着家中央位置。

就在旅行最後一晚，薇薇發來老佛爺厭食的短訊，我立即倒在客棧的床上嚎哭。立即發起過百人為保這小命祈禱。原來生命之流要把老佛爺送來我身邊，我順着流走，馴服接受。

剪紙的紅紙薄薄的，可以疊起來一次剪幾份。楊楊掛了一幅在店中，不賣的。我把其中一片老佛爺的剪紙裱好了，認養老佛爺那天，送了給薇薇和秋哥，讓他們留個紀念。

後來楊楊來看我，教我的學生剪紙，也看到真實的老佛爺。他

楊楊的剪紙十分精細美麗。他不上大學不打工，醉心於剪紙，創出事業，是一個勇敢做自己的人。

用額頭頂着貓的小額頭，輕輕搖晃，又溫柔又親切。我又可以再看到帥帥的他拿着剪刀行雲流水地剪出美麗的圖案。

楊楊送我一個福字，中間縷空了牡丹花，剪得非常仔細，極精美。又送我用紅紙剪的幔幕，有我喜歡的牡丹花、童子、蝴蝶、流蘇，非常美。我貼了在自己房門頂橫端，立時充滿喜氣。

寫到這一段的時候，老佛爺跳到我身邊陪着我。他在沙發上要跳回地面，看到地上有一邊佈滿紙碎，猶豫了，瞪大眼睛，皺着眉，小頭微微向後挪，很有點嫌棄的意味，那樣子很有趣。他走過幾步，選擇沒有紙碎的地方跳落地，真聰明。

隨手拿張白紙，照着楊楊的作品學剪蝴蝶。老佛爺跳到我大腿上看我，他攻擊長長的觸鬚！我惟有舉高來剪。然後他渴睡了，很

快就睡着，任由紙碎落在身上。他睡了好久，我完成了一隻蝴蝶。他未醒，我便再剪另外一隻。他醒來，跳下地的時候，空中揚起了許多紙碎，像下了一場細細的雪，很美很美。

半晌，老佛爺又跳回沙發陪我，踏在剛剪好的蝴蝶上舔毛。我發現時，慘叫一聲，求他放過我的蝴蝶。他非常善良、善解人意，向旁邊挪開幾步，我救回脆弱的剪紙，幸好，它絲毫無損。我送了給Joni保姆。

人生也像一幅剪紙。誰拿着剪刀為我剪裁？順着流走，抖落不再適合我的觀點、性情和脾氣。有一隻無形的大手，推動我去要去的地方，遇見要我遇見的人和貓，寫下想我寫的感悟和心情。希望到完成的時候，一打開，有一隻美麗的貓、花果和吉祥的雲，沒有斷，線條如喜樂綿綿。

Like flowers, inexhaustible in beauty. Like flowers, most necessary - in ways we scarely understand. Healers. Companions. Mysteries.

——*Pam Brown*

貓像花，有着永不枯竭的美。貓像花，藏有我們難以明白的奧秘。醫者、伴侶、秘密。

——帕姆布朗（澳洲詩人）

18

人要有歷史感
~~纏足~~

　　老佛爺陶醉地睡在我枕邊。我側着身子，伸直了左手。老佛爺的兩隻後腿要麼被我壓住，要麼我要用一個不太理想的角度胡亂屈着。我不想委屈自己，更不想壓着他。我便把佛爺的腳放在掌心，這是甜蜜的折衷。貓和我多用身體互動。老佛爺和我不時會開發出新穎的姿勢，既能親密地呆在一起，又能叫彼此舒服。

　　今天把他小腳握在手掌心，溫暖而美好，心中說不出對他的憐愛。白色毛茸茸的腳掌很可愛，粉紅色的幾粒小肉墊，富於彈性。往下一吋就是他的勞宮穴，幫他按摩保健，望他總是健健康康的。我忽然聯想到明朝的士人。他很可能是一個君子、一個好官、一個有誠信的人。晚上，完成了一天繁重的工作，在家小飲。一邊握着小妾的三寸金蓮，細賞它「屈上作新月狀」，一邊舉起暖暖的酒杯啜飲，然後寫詩。

　　撇開男人與女人的情愫，把玩一隻小腳，欣賞鮮艷織錦小鞋精密的刺繡花紋，是有他的優越感及趣味的。蘇東坡就寫過《菩薩蠻》：

> 塗香莫惜蓮承步
> 長愁羅襪凌波去
> 只見舞迴風
> 都無行處蹤

偷穿宮樣穩

並立雙趺困

纖妙說應難

須從掌上看

　　蘇子詠足，知道女子最怕裹腳布在人前被褪去，因為只有外表好看，裏面又腐又臭，時要用香料掩飾。纏足女子想站定也難，行路搖搖擺擺像舞蹈，嬌弱令人憐愛。她偷偷試穿宮中妃子流行的樣式，自覺很美。其中的妙處難以盡述，要握在掌中細看，才能發現。蘇東坡是個生活高手，肥肉在口中溶化，酒後酣暢，輕握美人的小足的快樂，他不會錯過。儘管對此有點難以接受，我仍然崇仰蘇大才子。要了解一個人，就要按他當時身處的處境及固有的觀念去理解他。

　　一個觀念影響人一世。這足小為美的觀念由南唐李後主約975年到國父正式廢除，肆虐了千多年。據說宋代的纏足只是用白布略為縛緊，到清朝才酷刑似的浸藥腐肉枯骨扭曲。漢族女孩五、六歲開始纏足，腳趾發炎含膿，痛苦過程不能想像。

　　那時代，沒有今天的人權，也不以為女子纏足是惡習。女人纏足，是為自己前途生計着想，結婚是她們唯一的出路。嫁得好、能被丈夫寵愛，是幸福的保障。纏足有點像今天的高跟鞋，是性感的符號。女子纏足後，走路的重心必須向後移，臀部必須用力提起以保平衡，該部位的肌肉發展，久而久之逼令陰道收窄，增加男士性交時的快感。此外，纏足女子走路左搖右擺婀娜多姿，盡顯柔弱，惹人憐愛。家境稍為好一點的家庭，不缺粗使的丫鬟，父母都要女兒纏足。哭聲震天之時，只能嘆一句：「唉！這是女子的命。」小時候看過一幅老女人解開裹腳布的恐怖黑白照，腳趾嚴重變形，

像鴨腳扎，黝黑扭曲細小，慘狀令人不忍卒睹，幾十年後仍歷歷在目。

我早已放下了高跟鞋多年了，因為愛自己，絕不要委屈自己。鞋，一定要舒服至上。美，不在時尚雜誌倡導那種長腿收腹挺胸的神氣；晚會過後揉腳趾的痛楚，可能是遺傳自千年以來女性討好男人的奴性。

我的貓絕不需要討好我，他的驕傲、自尊、自信，令他很美麗很迷人。反而是我去討好他。偶爾他歡喜了，過來親近我，我就十分歡喜。貓陶醉躺下，這時輕撫他的小腳，也是很自然的。老佛爺的2號保姆瓊姐，就特別為貓兒的小手小腳著迷。有商人推出貓貓腳掌肉墊氣味的產品。其實我跟從前霸權中的男人也有相似之處：豢養一隻寵物，閹割他、大部份時間困他於四壁之中，只為了要他的陪伴。我是一個罪人，身處於有罪構成的社會中，承襲著有罪的歷史。

雖說老佛爺有天台可以逛逛，曬曬太陽吹吹風，或攻擊一片枯葉；但是他不能四處遊蕩結交朋友，享受扭打的樂趣。雖說我上班的晚上，保姆會來陪他玩、照顧他；但他也許會寂寞。雖說他一天要睡上16小時，但醒來時，太陽下了山，一屋昏暗，他可能會難過。我的世界寬廣，放了工也想見見家人朋友，他卻只得我，只能在家等著。好險，如果我生早一百年，我的生活可能還不如一隻貓。

近百年來，中國女性漸漸享有人權、不用再纏足、不用只能呆在家中等候丈夫回家，可以接受教育、財政獨立、追求自己想要的理想生活；這端賴很多代人的努力。例如宣教士來華傳教教學，人

文精神慢慢播種。明朝徐光啟入天主教，就不納妾。他推廣幾何學的文章，數學科健Sir讓我在中文堂教了，很好的一次科際整合。又例如生於1840年的教育家馬相伯，他家自明朝已信奉天主教；他做不成神父，卻創辦了震旦、復旦和輔仁三所大學，教了我老師的老師的老師，福蔭到了我身上。我接受教育，能選擇喜歡的職業，審視觀念，閒時摸着貓貓的腳，寫想寫的文字，過想過的生活；真的要感激很多很多人。

人要有歷史感，檢視觀念的承傳或轉變。要知道在歷史的洪流中，自己身處的位置，心存謙卑與感恩。同時要有慈悲心，不站在道德高地批判人。

貓一直悠然地舔舔自己的毛，沒有任何概念，非常的幸福自在。

> My relationships with my cats has saved me from a deadly, pervasive ignorance.
> ——William S. Burroughs
>
> 貓救了我！牠和我的關係把我由厭煩到死、遍佈世界的無知中釋放出來。
> ——威廉·柏洛茲（美國小説家）

19

數算恩惠
~~養貓的10大好處~~

在網上看到養貓的10大好處：

1 「貓對主人具有鎮靜情緒和舒緩憂慮的效果。」養了老佛爺，我脾氣更好了。

2 「貓能幫多數主人降低壓力程度。貓能提供情感支持。困難低潮時，貓的依偎有助人走出悲傷情緒。受訪調查顯示，貓是良好的傾聽者。」很同意。老佛爺聽了我心事，我舒服多了，他功勞很大。

3 「貓兒有助建立關係。」老佛爺是睦鄰大使，也是好助教。

4 「有貓的人較聰明。平均而言，養貓的人有較高的生活和教育水平。」要猜貓想要甚麼，是會令人聰明一點的。

5 「貓消耗的碳排放量低，碳足跡較其他哺乳類動物小。」老佛爺吃的拉的都少，很易處理。

6 「貓兒能滿足人類陪伴的需求。一個澳洲研究顯示家裏有貓，歡愉程度等同擁有浪漫的同居伴侶。貓對情感的記憶深刻，會在重要時刻給予回饋。」我深深體會到了。

謝謝秀瓊保姆拍下老佛爺嬌媚一刻，輕咬紅蘿蔔引死
人。單單看他的照片都已經叫人好快樂。

7 「養貓有助性格更柔和體貼。貓兒不輕易給予信任，但得到貓兒信任的主人，通常都展現更體貼、謙卑、親和的性質。」是啊！貓兒讓人奴性大發，自然更謙下。

8 「養貓的人更容易熟睡。一項研究顯示，有貓兒在室內陪伴，女性的睡眠質量上升。貓的親近陪伴，帶來安全感。」我本來以為養了貓會犧牲掉睡眠，但原來半夜被踩醒也是很快樂的，歡迎他來我枕邊一起睡，很快又再睡着，而且是帶着微笑入睡。

9 「家中有貓的小孩比一般同齡孩子，免疫系統更強健。」我本來有鼻敏感，但義無反顧地認養了老佛爺，咦？沒事啊！原來他反而令我更強壯了。

10 「許多實際案例顯示，貓兒對住家情況異常敏感，常能敏鋭偵查火災、瓦斯外漏的情形。」老佛爺發現過花盆滴水，以及砂盆未清理。

　　我認為還有很多好處呢！貓是探求知識的一條線索、創作的繆思。老佛爺促進內心的療癒，甚而開發靈性呢！

> 牠給我的比我給牠的多。
> ——黃秋生（香港著名演員）

20

初心
~~珍惜的心情~~

　　醫生説脱牙的手術很快完成，下午2時許就可以接回家。第一次為一隻貓簽紙，嗯，全身麻醉總是有風險的。我告訴醫務人員已為他們祈禱。他一笑，問要不要為老佛爺打點滴。要！只要為他好的，都要。可憐的貓，昨晚6時已收起糧碗，半夜已收起水機。今早他跳到水機面前找水喝呢！只能眼巴巴地看着我吃蝦子麵，加了左口魚粉、蝦粉及蝦籽。剝開半熟鴨蛋時，他瞪大眼睛看着我。之前我會拖兩張椅子，貓和人一起排排坐，我掰點熟的蛋白餵他。

　　「是寶寶食的，不是貓貓食的。沒有了。」攤開手。他的眼神有點惱怒，但也沒有甚麼。我的老佛爺是最溫馴的，不會怨恨。半晌，自己玩紙袋去了。

　　臨出門口，抱着他向主耶穌和爸媽鞠了一個躬，祈求手術順利。

　　加油！老佛爺加油！

　　回家的時候，有些怯怯的。想找間節奏慢些的餐廳寫寫心情，但都未開舖。辦了些雜事，買了些水果，總得回家的。

　　拖着遲緩的步伐回到家，回到罕有地沒貓迎接的家。果然，有點空洞，有點不慣。

　　有貓陪伴的生活，才是正常的生活。一隻可愛的貓，認定了

人生沒那麼困難，是你讓人生變複雜了。其實人生很單純，很簡單。

我，讓我參與他的生活，實是幸福美好的樂事！老佛爺舒服時，一雙眼睛瞇成兩個倒放的腰果，有時吐出半截小小的舌頭，一臉陶醉，叫人樂上半天。半夜，老佛爺睡在我身邊，像妃子得到主子寵幸，很喜悦。

老佛爺的陪伴，解我不少寂寞。深深的愛上他，他一不在家半天，已然有點寂寞。很難想像他有天離開了這個世界，我會有多傷心呢？林夕的歌詞說：「凡有呼吸的，就不能放在身旁。」那是多纖細獨到的見解。我害怕啊！他小時候厭食，險些失去他；我安慰我自己：「放心吧！老佛爺撿回一條小命，現在每一天都是上天額外賞賜的，有賺了。」就一直故作輕鬆的讓這小生命進駐我家。如今，不得了，他已佔據了我的家、我的床、我的空餘時間、我的心！怎麼辦呢？我明知道這是很難過的。惟有在有他在的一天，我盡量愛他、陪伴他。

家中只剩我的時光，忽然變慢了。頭有點痛，我哭了，想念老佛爺哭了。我有我的事業、實踐着理想、滋養許多人，生活很充實。如果老佛爺不在了，我也會活得好好的。老佛爺想我活得好好的。可是這刻，我真的很掛念手術中的老佛爺，很愛很愛他。

老佛爺是很愛我的，一直以來，他都獨自守在屋裏默默等我回來。當班的晚上，雖然安排了保姆陪他玩，但他始終會惦念我，會寂寞吧！就像我這刻一樣。人人都說老佛爺很幸福，我照顧得他很好，夏天開冷氣，冬天開暖氈。不是的，我覺得怎樣都不夠的，陪伴他的時間仍是太少了。很多時，回家已累得賊死，執完貓屎餵完吃食，已不想動，他要我陪他玩！勉強玩玩，很明顯是玩得不夠

的，老佛爺有個肚腩。我感到虧欠。之前捱過絕育的一刀，如今又要受脫牙之苦。那時候我看過書，知道應該在他小時候就學幫他擦牙，可是我有點抗拒，不習慣，懶和拖延，導致他爛牙了。愛他，也要付之以實際行動，我愛得不夠。對不起，老佛爺。請你原諒我。

還有兩小時就可以去接他回家。加油，老佛爺加油！請求天使幫我陪着他、安慰他、醫治他。老佛爺，我相信你會平安的。

電話響起。動物醫院打來的，心有點惴惴，説過沒事不會打來的，但我仍然很有信心，佛爺會平安。原來是問我要不要為佛爺開最貴最高端的止痛藥，需$300多。要！

於是就安心去午睡，直睡了近兩小時。喝了蜜柑汁，吃了飯，去接老佛爺。我慶幸照顧好自己，準時去到，還要等拆除吊鹽水的針呢！

佛爺有點委靡。回到家，在我腳邊轉來轉去，我抱抱他，放他在床上預備也躺下來摸摸他。他不要，跳了下床，在他熟悉的紅籃子轉來轉去。我去到他跟前，坐在地氈上，幫他梳毛。他發出強烈的咕嚕聲，很滿足的樣子。麻醉、開刀、取出八隻爛牙，半天見不到我，很痛很害怕吧？劫後餘生，見到我，回到熟悉的家，縱使不舒服，也滿心歡喜了。我很心痛，也很感動，一直摸着他，一直流眼淚。老佛爺反轉了肚肚，説好愛好愛我。不停起來、轉圈，又中槍似的倒下。他在説：「沒關係。我很好。你很愛我、很着緊我，我知道。」一人一貓愛撫良久。

我不能沉浸於悲傷中，便上了天台澆花。佛爺罕有的沒有跟來。我知他很累了餓了，沒心情。下來，仍撫摸他，他仍是打呼嚕。

然後，我決定去浸浴缸減減壓。請保姆今晚來餵藥，我上街逛逛，給點空間給彼此。老佛爺沒事似的跳到窗前看天空。本來醫師叮囑7時才給他吃的，他已站在糧碗前，也沒有叫，只用大大的眼睛天真地看着我。老佛爺是很有尊嚴的貓。我擅自作主提早了1小時餵食。少吃多餐，稍後Joni保姆來再餵一點。她很好，特地帶了美味小湯羹，給他餵藥。

滿懷珍惜的心情，重溫愛他的初心。

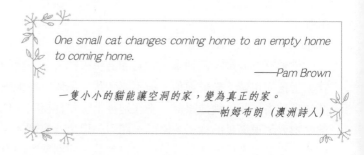

One small cat changes coming home to an empty home to coming home.

——Pam Brown

一隻小小的貓能讓空洞的家，變為真正的家。

——帕姆布朗（澳洲詩人）

21

尊重

~~小貓的日常~~

　　幸好有Joni保姆預備的小湯包，今早餵藥才順利。老佛爺不喜歡針筒，他曾有過被針筒強迫灌藥的慘痛經歷，他很辛苦，強餵完他我也哭了。一連兩天，他用小手把藥碗中的針筒撥到地上，以示憤怒和抗拒。今早他一見針筒，立即不悅。我便把所有藥放在小茶杯中，藥丸也捏碎了，混在湯羹中，他就吃了。

　　佛爺教曉我尊重。餵藥前我祈禱，請聖母媽媽、天使幫我。感謝，很順利。我還得吃早餐、出門上班呢！

　　幫佛爺清潔耳朵，他不悅，我稍微有點用強，他見我這麼堅持，勉強配合，後來嘔吐了。唉，我仍需要學習溫柔。他坐在鋪了綠色綿軟被子的椅子上曬太陽，一邊身子抵着冷冰冰的牆。瓊姐洗好了啡色貓用大毛巾。我摺了幾摺圍着他，隔開了牆。他的小頭頭可以枕在上面，更舒服了。貓喜歡被包圍的狹小空間，有安全感。

　　愛，不是說了算的，要付諸所有細細碎碎的行動中。愛一個人，或一隻貓，不可以強行把自己的意願加之於對方身上，那是很殘暴的，只為滿足自己。要按他的需要去愛他，尊重對方的意願。佛爺很好，他不喜歡，就明確表示不喜歡，讓我一點一滴地學習尊重。他很溫馴，很多時都順從我的意願，但他也有自己的主見。有時我抱他上床，想聽他的呼嚕聲入睡。他不喜歡，跳躍，跨過我的

頭，離開；只剩下嗚嗚哀鳴被遺棄的我。有時抱着他，他在我懷中陶醉地閉起眼睛，我吻吻他、聞聞他淡淡的幽香。他覺得夠了，四隻手腳猛力蹬直，顯示要落地的堅決，我就彎下身子來，放他回地上。如果勉強抱住，為的也只是滿足我自己罷了。

有時不強求，由得他，親密是會自自然然發生的。更喜歡他自己跳上床來親近我，他教我馴服、等待。

佛爺很安靜，不多作聲，不吵耳，常靜靜地站在我身邊，或對角不遠處，默默地看着我寫作、閱讀、做菜、上廁所！我尊重他定的距離。他很溫柔，給我陪伴、給我愛。

他也很尊重我。大前天我買了好些盆栽回來，要轉盆、配底碟，構思擺放的位置。老佛爺跳上工作檯，走來咬我的一棵玉蓮。我嘩嘩大叫，又踩腳，撒嬌地道：「不可以吃啊！不要吃！」他見我不高興，就跳下檯子，自己走開。

家中有個放多肉植物的High Tea雙層架子。祈禱的小聖壇上有文心蘭、小針松、聖誕花，全都安然無恙。後來知道聖誕花對貓有毒，移走了。佛爺一向溫文，從不亂咬電線，推倒擺設，家中沙發完整，所以才放心佈置花草。

我喜歡森林似的家，那麼佛爺就是樹林之王迷你小獅子了。在臉書看過有貓戴上了金色鬃毛小帽，小頭圍了一圈金毛，扮獅子行沙漠，牠昂首闊步自信滿滿地行，笑到我直打跌。希望有天也能找到獅子帽，讓他搖身一變成為小白獅。

我表面上是動物，實質是神聖的存在。

佛爺是白色的。我曾問好同事馨馨借來小白兔耳朵頭飾幫他戴上：「對不起也要做一次了。」結果佛爺苦着臉，被我拍了照片。朋友從他背影看去，以為我新近收養了白兔呢！不喜歡，快快摘下來。他也戴過白色厘士花蝴蝶扮女嬰，十分甜美；他的樣子懵懵懂懂的，也不是很不爽啦！我很想繼續幫他打扮，拍不同的造型照，只怕他不喜歡。他一不喜歡，就會把頭飾摔開，那也由他。

　　要小狗學人立着行走、塗指甲、染色，這些事我是不會做的。我連訓練佛爺給手手也不幹。他是貓，喜歡怎樣就怎樣，幹嗎要給我手？我們有時自然會牽手的。有時我想跟他親嘴嘴，他不喜歡，會別過臉去。我見過Veronica強吻小狗，可憐的狗狗，不要吻就被罵。後來我明白她的心情，有時佛爺不願意，我也忍不住強吻佛爺。佛爺仰起面、抬起小頭時，我就知道他要親親嘴，我也就親親他，很有默契。自然的接觸，是最動人的。

　　佛爺偶爾會激烈地用小頭猛撞我，強吻我，把眼淚口水揩在我臉上。我很期待這難得的親密。因為喜歡，也不會覺得他不尊重啦！反而覺得他很愛我。他認定了我，是我的幸福。

　　放工回家，洗洗手，就抱抱他，沒問過他就聞聞他。如果是人，就會問問。我曾經問一個嬰兒：「可以抱下你嗎？」她別過面把頭埋在媽媽懷內，我就尊重她。佛爺是願意的，我感受到。另一個我不問就可以抱抱，也不怕不尊重的，是樹。

　　他不愛吃藥，曾經強行餵他，用雙腳夾着他，用針筒不行，就一手掰開他的嘴，另一手塞藥，再捏着他嘴防他把藥吐出。他惱了，跑開躲起來。我看到我是強者，以暴力欺壓弱者，可鄙。我哭了。

可是轉頭，他忘掉了不快，見我哭得可憐，反而回來我身邊安慰我，我哭得更厲害了。不尊重動物的事，真的不願再作。其實他是記得的，以後餵食時他多了一層戒心，多聞一聞才放心吃。他只是選擇愛我，不記恨。他有王者的氣質。

貓康復得很快。脫了牙，人類該會疼痛沒心機兩星期吧？第二天，他已經邀請我玩，我丟出他心愛的蘿蔔布偶。他一起勁地追，可好看了！裝模作樣如臨大敵地盤據、瞄準，眼神冷峻，似個殺手；然後快速竄到蘿蔔面前，自己興奮跳起，用前爪撥走它，又迅速追趕，再撥，立即轉變軌跡再追。速度非常快，像賽車手追求速度、中途殺停、飄移，驀地轉變方向。看過一篇文章，說貓會在家中全速奔跑，快要碰到家具前急速煞停轉向，是追求變速的快感。

他撿了一兩次，之後就不撿了，看我跑去拾回來，再丟。他就是看着。我覺得不好玩。不過因為疼他，勉為其難繼續做這個無聊動作。生活，有時也是需要無聊一下的。老佛爺教曉我無聊。

佛爺很尊重他自己，要好好跟他學習。

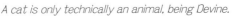

A cat is only technically an animal, being Devine.
—— *Robert Lynd (1879 - 1949)*

貓只是技術上是動物，真相是神聖的存在。
——羅伯特·林（英國作家）

22

活在當下
~~學貓的無聊~~

在天台，早上冬日的太陽明亮又溫暖。老佛爺在針松樹下，隔着玻璃圍欄，看樓下風景。我澆花。

平日趕着上班，就得趕貓回家。我追追追，他不讓我捕捉快快跑跑跑，不是跑去放水喉水桶的雜物角落，就是躲到桂花樹下。我繼續追，他拼命逃，終於會跑去回家的入口。成功了！關上天台的門，出門上班。

今天放假，我搬張小椅，在陽光下曬曬穿了襪子的腳。貓沐浴在陽光下，白毛亮得逼人的眼。沒有其他好做的，只是純粹地看着他曬太陽。他站這邊曬曬，又站到另一邊曬曬。我心想：「很無聊啊！想做點寫作甚麼的。」但是我不心急，由得他多曬太陽一會兒。這樣悠閒的好時光要好好珍惜。

老佛爺不事生產，這才厲害！無為而治。他不用做些甚麼，就已然很有價值了。他出生，純粹是要被人仰慕的。他提醒了我，我是 "Human Being"，不是 "Human Doing"。馬大馬大，你為事煩亂。看看馬利亞，靜靜坐在主耶穌腳邊，甚麼也不用做，不急趕，純然地活在當下。她只要陪着祂，汲取着祂的存在，祂偉大的存在。

我覺得老佛爺可以飾演馬利亞。

時間只是一個概念。趕着要完成些甚麼，總要找些事來做，耐不得孤獨，是無形的監獄，催促人不得安舒。有張字條，是學正念時看到的一個問題：「我覺得放鬆又覺察嗎？」一直貼在家中牆壁。就是提醒自己覺察，其餘的，甚麼也不用做。

一個人就算甚麼也不做，單單是存在，純然是存在本身，已然很有價值。嬰孩和貓、失智的公公婆婆、嚴重弱智的人士，對於愛他們的人來說，他們的生存已然是一種支持。

無聊有甚麼不好嗎？原來人有時也是要無聊一下的。人生，很多時，太好強，按自己的設想完成的事，後果往往不那麼理想。反而輕輕鬆鬆的，順着一股勢能和上天的指引走，會有很多驚喜；不知不覺就播了種、開了花、結了果。

嬰兒和貓一樣都很無聊，整天睡覺、吃、笑、玩耍。簡簡單單的。可是他們就是這麼美好的存在。

人，有時真是需要無聊一下的。

Do not dwell in the past, do not dream of the future, concentrate the mind on the present moment.

——*Buddha*

別沉浸於過去，別夢想將來。把心神集中在當下。

——佛陀

好無聊！

23

疼愛自己
~~貓與浸浴~~

很多年前就喜歡吉澤深雪的繪本《洗澡魔法書》。她畫了很多貓愉快地浸浴：有倒牛奶入浴池的貓；也有貓切着香蕉泡紅茶，預備浸浴時喝的。有貓兒示範了在水中拉筋運動，又或者在唱歌。她啟發了我更愛自己：「女性和嬰兒一樣，剛洗完澡時都很美。沒有化妝的肌膚散發出耀眼的光芒，臉頰和嘴唇紅紅的，像染上了微微的桃紅色，是高超的化妝技術無法比擬的，讓人輕而易舉地變成剛誕生的維納斯。」

我認為浸浴時最適宜帶入去閱讀的是台灣雜誌《小日子》、貓書和輕鬆小品。我有一張窄窄的浴缸專用的小木桌，打橫晾着，可以寫浸浴日記，身邊擱條乾爽的小手巾就可以了。

天氣回暖，拉好長長的窗簾，給浴室房門留一條縫。方便老佛爺出入。工時長，在家時間少，貓總是想陪着我的。果然，一隻毛茸茸的白色小手從門縫伸了入來，上下來回摸索，推開了一點；再用貓頭鑽進來，很容易就打開門了。老佛爺來看我了。好開心。

從前他也試過陪伴我浸浴，自己在一邊舔毛毛。第一次把貓的零食帶入去。他既然來探我，我就餵他吃吧！他跳到廁板上，吃了幾顆潔齒餅。

吃完，還不肯走，雙手攀着浴缸邊，伸長身子，好奇地看看

水。浴缸的水力按摩在開動，他小時候比較怕，現在已經見慣不怪了。小小的貓頭靠近我，我心頓時感到溫暖。那雙眼睛睜得大大的，小小的鼻子在聞聞牛奶浴的香味。我提醒自己不用擔心他會掉到水裏去，他是好聰明的、冷靜不莽撞。即使真的落到水裏，幫他吹乾便行了。看着他探索的樣子，一臉嚴肅，忍不住微笑。

浴室中水聲回響，最好在此唱歌。我即場創作，胡亂地唱：

老佛爺是世界上最好的貓
忠心的　溫馴的
一直在守候我
無論去到天涯海角
有你就有了家　有了家

老佛爺是世上最可愛的貓
香香的　胖胖的
你或睡或醒
玩耍或發呆
都很好看　很好看

我愛你貓貓　我愛你貓貓
我好愛好愛你
一生一世不分離
我們一起變老

到那一天　我們會分離

怎麼辦呀？怎麼辦呀？
沒有了你的日子怎樣過呀？

我只好懇求天父
在天堂留一個位置給你
當我們相遇的時候
有天使抱着你
在天堂的門前
守候我　迎接我

　　唱着唱着，眼淚就流下來了。我好感動。哭得嘩啦嘩啦，順便
哭出了工作間的壓力。老佛爺靜靜地聽着我胡亂唱的歌，一直躺在
浴室的門口陪着我，一直守望我。

　　吉澤說：「洗澡最有魅力的，是那份任何東西都無法取代的溫
柔。不論是甚麼時候，洗澡總是會熱情地迎接疲憊的我，而它確實
曾安慰過我無數次。只要被那小而溫暖的空間包圍，就彷彿恢復了
嬰兒在母腹肚子裏的記憶，讓人變得無憂無慮而安心，整顆心都處
在虛無縹緲中。」

　　貓給我的愛，也如浸浴的溫柔，熱情地包圍我，安慰我。

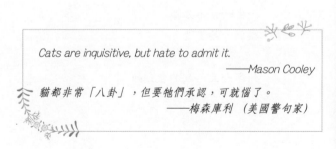

Cats are inquisitive, but hate to admit it.

——Mason Cooley

貓都非常「八卦」，但要牠們承認，可就惱了。

——梅森庫利（美國警句家）

24

與自然連繫
~~把大自然帶進家中~~

　　我住在城市的邊陲，近郊、近海灘，但仍也是城市。自從老佛爺進入我家之後，多了一隻動物陪我，與大自然才有了明顯的聯繫。戀上佛爺，就更戀家了。沒事都盡量留在家中陪他，家裏自然放越來越多心思美化裝飾。老佛爺很溫文，從不咬壞植物，加上浴室向東，日照充足，於是我吊了三盆長長的觀葉植物，着手打造一個森林似的浸浴空間。

　　常春藤的葉子像楓葉，也像舒展開來的小貓爪。深綠的葉子間長出小小的嫩綠的葉芽，令人欣喜。

　　另一盆是心形的，深綠色，忘了名字，來自荷蘭，長長地垂下一串串大大的心，很大方。新長出來的嫩芽像印度橡樹，淺紅，尖尖長長的。葉子像捲起來的圖畫紙，長好了，驀地打開來，像蕉葉一樣。新葉子呈淺黃綠色，淺得近乎透明的黃，半捲着，葉尖還吊着一團褐色的薄衣，像蟬退了的一層皮。

　　那盆「口紅」，茂密得驚心動魄。唇形的葉子厚厚的，像一片片性感的小嘴，橫放着一個個吻，又像是深綠淺綠的翡翠。深紫色的花萼上開出艷紅的長條形的花，像過年開的炮仗花，更像煞了一根口紅。

　　今晚，浴缸中有幾朵落花，放了一缸熱水，撒了粉紅色的櫻花

浴鹽，由得花漂浮在上面，很快樂。我帶了Pam Brown寫的袖珍本的貓書，浴缸上打橫放了一張小木桌，旁邊擱一條乾手巾，安心看書。

貓來了。老佛爺跳上廁板，陪伴我良久。之後，他試探着要走上我身前的小木桌。我真有點擔心，怕他跌落水受驚。不過，由他吧！他想看看水，也想陪伴我。他老實不客氣地霸佔了我的桌子。我倒也歡喜，第一次在浸浴時，貓和我走得這麼近。

他盯着浴缸中的花兒，表情很好看，圓圓的黃眼睛好奇地睜得大大的，專注又認真，小頭微微傾側，小心翼翼地試探着把小手放進水中，想捕獲一朵花兒，不果，我拿給他，他撥了撥。他沿着浴缸邊走動。我想起第一次見他時，原本想在咖啡店放鬆一下，卻緊張地看管着小小的他，免得他偷喝了我的咖啡。今天也是，本想浸浴放鬆，但他第一次在注滿水的浴缸邊行走，只好警覺地護着他。他比從前胖多了，肥肥的肚腩吊了下來，毛茸茸的小手小腳踏在窄窄的光滑的瓷缸上，走過口紅蔭下，經過常春藤旁邊，像森林中的小獅子。他像體操運動員行平衡木，有着驚人的平衡力，很平穩，沒有絲毫會跌落水中的跡象，是我太多心了。我欣賞自己像個明理的媽媽，不操控，任由孩子自己發揮，不讓自己的擔心窒息了他玩樂探索的空間。頂多幫他用風筒吹乾毛髮罷了。他又走回小桌子上，看着水。一會兒，他看膩了，躺下來閉目休息，我摸摸他。他的尾巴拂過我的心口。然後，我也安心了，自個兒看書。不過桌子被他佔據了，我得舉着書看，才不至壓倒他或逼走他。不是最舒適了，但也甘之如飴。

我試探着開動水力按摩，他沒有受驚跑開，叻貓貓！我邊按摩邊看完整本書。餓了，吃了橙和蜜柑，掰一點嘗試餵他，聞一聞，別過面去，才不要呢！

茶花影裏嬉成畫，榻上嬌睡似親人。

從來沒想到的幸福。今天的浸浴是生平最得意最愉快的，因為佛爺好有創意地找到最舒服的位置躺下，近着我，黏着我，直陪了我一個多小時。熱水變了溫的。

就這樣，我把大自然挪到家裏去，享受一隻小野獸的陪伴。我不知道接下來老佛爺還會有甚麼驚喜給我。跟老佛爺連繫、跟大自然連繫，總是令人愉悅輕快的。

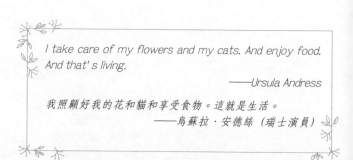

I take care of my flowers and my cats. And enjoy food. And that' s living.

——*Ursula Andress*

我照顧好我的花和貓和享受食物。這就是生活。

——*烏蘇拉‧安德絲（瑞士演員）*

25
探訪自己
~~老佛爺陪我接觸內在~~

　　我懷疑老佛爺有魔法。他面圓圓的、扁扁的，眼很大很大，鼻小小，嘴巴小小，小小的身軀，讓人聯想起小孩和嬰兒。跟他在一起的感覺很溫馨，自然就叫了他做「BB貓」。與他相處，不知不覺就把人帶到自己內心深處，探訪那個久被遺忘的幼小的自己。

　　有次滿懷愛心地幫酣睡的老佛爺蓋被子，憶起小時候，媽媽拍着我，用好溫馨慈愛的聲音喚我的名字，又為我蓋緊被子。我其實已經醒了，但不捨得醒來，全心沐浴在母親的慈愛中，媽媽好喜歡自己啊！媽媽好愛我啊！這愛夠我用一世了。

　　爸爸跟我也很親。他在我幼稚園時送我一隻黑白熊貓毛公仔，名叫波比，抱了多年成了灰黑。小時候入院做手術，爸爸很掛念我，就幫我心愛的波比蓋被。老佛爺身型跟波比差不多，兩個都忠誠地聽我傾訴陪我睡覺。老佛爺更會呼吸和眨眼呢！

　　父母已經去世多年，但這份愛永不會失去，反而越來越鮮明。學習輔導、接受輔導、教學、學習中國傳統文化、學習海寧格哲學；我一直努力學習接納自己、愛自己。老佛爺的出現，加快了我愛自己的節奏。疼愛老佛爺，能讓我再次感受到父母的愛。

有天，天剛亮，老佛爺跳上床來躺在我身邊，我感到甜蜜，打從心底裏笑出來。他聽着鳥兒叫聲，沉沉睡去。偶爾伸伸手，伸伸腳。我喜歡在清晨看着他睡覺，很快樂。我明白了喜歡一個人，頻頻注視對方，只想望住他的感覺。爸爸是非常喜歡我的，常常稱讚我，歡喜地看着我。小時候被看得怪不好意思的，如今接收到爸爸愛的目光了，很幸福，很有力量。

清晨，就這樣，自己幫自己進行了一場家庭重塑。原來，一些回憶重拾起來，仍是暖暖的。老佛爺就是有這種特異功能，純然的存在，就能讓人穿越時空，接觸內心幼小的自己。疼小小的他，也是在疼自己。萬物本來為一。

小時候，哥哥把我高高抱起，教我打個跟斗再翻下來，叫「無頭跟斗」。我覺得哥哥很高大好強壯，我身高僅及他肚臍，但我仍很怕會踩痛他。他堅持說沒事的，我就鼓起勇氣踏着他胸口、走上他肩膀，他一直緊緊捉住我雙手，然後我一個翻身落地。我已忘記了究竟雙手是怎樣反過來的。我感受到哥哥的愛。

前年哥哥中風，在醫院看他自手術室推出來時，額頭的頭蓋骨開了又縫好，血還在汩汩地流着，我差點兒不能再見到他。老佛爺喚回童年的美好。他踩我心口、從我懷中高高跳落地面。當然，他沒有打前空翻。

小時候最大的渴望是媽媽不用上班在家陪我，這也成了我最大的失望。

臨出門口，老佛爺又依依不捨地瞪大眼睛看我。我扔了一個紙團，他瞄了一瞄，沒去追，有點幽怨地望着我。我心中有種虧欠和歉疚。忽然，我明白媽媽當時的心情。

外面世界燈紅酒綠。往內看。

媽媽喜歡工作，也需要去工作。
我也喜歡工作，也需要去工作。

　　我對老佛爺說：「我是一定要上班賺錢養你的。這也是沒有辦法的事。既然你選擇了做我的貓，就得接受我工時超長，聚少離多的命運。抱歉。但我已盡了力去愛你了。」媽媽也盡了力去愛我了。媽媽的愛一直在我心中。媽媽教曉我拔罐，女生疲累生病時，我會幫她們刮痧拔罐。謝謝媽媽。

從前未學會愛自己，受過許多苦，有過許多行屍走肉的日子。小時候以為成績要好，要聽話，得父母老師歡心，自己才有人愛；害怕被批評，拼命想自己優越，心中的天空多是灰色的。那時很小很小，接收了很多責罵，不敢相信自己原來深深被愛。其實從前那些成績表、那些作業、那些得失，早已變得微不足道。探訪自己，看見未被慰問的悲傷，也重新接收到一些錯過了的溫暖，愛，原來一直在。如今長大了，有能力告訴小時候的自己：原來，你沒有被遺棄，你是深深被愛的。

我滿懷着愛去為老佛爺做一些小事情，漸漸多了對快樂的回憶。回憶，是一次重逢；可以跟幼小的自己説些溫柔的話，可以釋放一些想法，重建和過去的關係。

德蘭修女説：「女人的愛以行動呈現，她以心看世界，用眼睛去感受。女人是家人的河岸，他們的憤怒、憂慮和傷痛，都可以在她身上得到歇息。」貓貓睡夢中，小小的身軀忽然有一下顫抖，怕是做惡夢了吧？我輕輕拍拍，安撫他。他繼續安然睡去。

我愛小貓，小貓極可愛。原是把愛自己那部份投射到貓的身上。盡情地愛老佛爺，這份愛又折射回到自己身上來。

「我照你原來的樣子來愛你。」我對老佛爺説。
老佛爺閉着眼睛，懶懶的，小頭得意地微微揚起。

「我照我原來的樣子來愛我自己。」我對自己輕輕地説。

「我敢相信我原來就是這麼可愛美麗嗎？」我帶點遲疑地問。

「我敢相信我原來就是這麼可愛美麗的。」貓對自己非常肯定。

「我愛你。我很愛很愛你。」我對老佛爺說。

老佛爺老實不客氣全部接收，簡簡單單的，卻是不簡單。

「我愛你。我很愛很愛你。」我對我自己如是說。

我馴服、接受。
我感受到平靜、安詳、和諧、喜悅、感恩、輕鬆、有力量。
謝謝自己。謝謝老佛爺。

*Love is our true destiny. We do not find the meaning of life
by ourselves alone. We find it with other.*
——*Father Thomas Merton*

愛是我們真正的天命。我們不能單單在自身上找到生命
的意義，要與別人一起發現。

——牟頓神父

26

內在的平安
~~被奴役的自由~~

耶穌說：「人若逼你背重物行一里路，幫他行夠兩里；若要你的外衣，連裏衣也給他。」意思是：停止抱怨，欣然接受眼前的人事。即使被欺負被剝奪，也可以坦然接受。別人怎樣待我是他的事，我內心怎樣看，是我的選擇。這是一種自由。苦難不在於去逃避，而是用來體驗真理的。

老佛爺懂得指揮我餵食：他走到糧碗旁，毋須言語，已能下命令。他抬起小頭，即是要搔下巴。跳上枕邊舉起小手，即是要摸摸肚肚。等着你看他，一看即快快跑開，即是要人追逐陪玩。

比起英國作家Marguerite Steen的描述，老佛貓算是溫馴的了：「貓甚傲慢獨裁，對要求的事絕對有把握。他真的需要一個奴隸，只聽命於他一個：開門關門、找回乒乓球：貓總是把它打進最難進出的地方；又或把他抱在肩上。」

相對來說，老佛爺要求不多。

我也問自己：幹嗎這麼容易被奴役？被一隻貓欺負？在漫長的人生中，多少次，我吸引人來奴役自己呢？

這心性模式跟在家庭的排行有關。我排行最小，人人都比我大，很多批評，很多指令。而我也學會了有壓力時討好，以求生存。討好習慣的出現，背後有驚恐，當時覺得有這需要，求生存。

不帶目的地行動，勇
敢地把心開放給種種
未知、接受眼前所呈
現的一切；儘管這是
極不容易的事。
　　　——海寧格

　　其實，人類的處境何嘗不是被奴役呢？從小承繼而來的觀念，
像是無形的囚牢禁固奴役我們。認清一些限制自己的觀念，放下
了；又會再發現新的。籠牢不過變大了一點，仍是囚牢。若要得安
慰，還得看那著名的尼布爾禱文：「上帝，請賜我寧靜，去接受我
不能改變的一切；賜我勇氣，去改變我能改變的事。賜我智慧，能
夠辨別兩者的分別。」

我不斷反思、學習，有了覺察，也多了選擇。小時候養成討好的習性，背後的需要，必須予以尊重。而我長大了，經驗過無條件的接納，能尊重自己、愛自己，越有安全感，就越能表裏一致地應對。有時，我仍會討好，但越來越少是出於恐懼，而是甘心樂意的。我會討好自己、討好學生、討好一隻貓。

我口雖自稱貓奴，心中卻是樂意的。這裏面有一種自由、避免做一個受害者、自己為自己的情緒負責、不厭倦、不抱怨，享受眼前服侍一隻貓的快樂。

深深被愛過，心中就有一份信心，就能夠擺脫奴役。譬如我很喜歡我的工作，儘管工時長，一上班就三日兩夜，或兩日一夜；但是有由上而來源源不絕的愛，使我每一天都很有意義。我總是啟發到人，又或是得到啟發。上天賜我平安，又賜我一隻這麼可愛的貓，照顧他實在很快樂。真理使人自由。而愛，就是真理了。

Success isn't measured by money or power or social rank.
Success is measured by your discipline and inner peace.
——*Mike Ditka*

成功非由金錢、權力或社會地位來釐訂。成功藉由你的紀律和內在的平安來衡量。

——邁克・迪特卡（美式足球員）

27
誠實面對自己
~~貓兒陛下~~

　　台灣心理諮詢師許皓宜在《如果愛能不寂寞》中，引用了佛洛依德的「嬰兒陛下」的概念。某天，佛洛依德在皇家藝術學院看到一幅畫：交通警察正管制擠擁的交通，所有車輛都停下來，讓一個衣着華麗的小孩及保姆在車陣中緩緩行過。

　　「孩子有一種欲望，會像對待奴隸一樣，對待他們最初的照顧者，例如父母或保姆，以確認他們能滿足自己所有的需要，從中肯定自己是有價值的、是被愛着的。」

　　老佛爺是個小暴君。有晚我睡覺。老佛爺來到枕邊躺下，又站起來，行遠幾步，有點不滿，有點急躁。然後又踱回來「喵」一聲表達不滿，原來是撒嬌要我摸。我明白了，乖乖摸他，他反了肚肚高舉小手十分陶醉。我雖然累，但也好高興。

　　半夜3點半，平時很少叫的老佛爺，竟急急大聲叫。原來是肚餓，要我餵。他已經被照顧他的保姆寵壞了，有人在，要人逐口逐口糧餵給他吃。我撐着惺忪的睡眼，乖乖地做了奴隸。他像初生嬰兒一樣殘忍又可愛啊！

　　早上6時，他又叫，今次是要我跟他玩。我很誠懇地跟他說：「老佛爺，我很累，讓我多睡一會兒。」他就守在睡房門口等我。

忽然明白媽媽當年有多疼我。她在酒樓洗碗，很累，很早睡。但有時仍會跟我唱鄉間的小歌謠、說說心事。我最喜歡她摸摸我，抱住我。我抱住熊貓公仔波比側身睡着，媽媽也側身睡着，摟着我，連波比也一併抱住。我深深感到被愛。這是專屬於我們二人的親密時光。

　　我明白老佛爺的感覺。被疼愛的滋味，好親密，好甜蜜，怎麼都是不夠的。他小時候，享受過我的溫馨抱擁，就認定了我，見不到我，就不吃飯。世界真是圍着他轉的，他終於來到我身邊。

　　我已盡了力。
　　媽媽也盡了力。

　　人漸漸長大，不好意思再要媽媽抱住疼愛，多少都得擺脫心底這個急躁的小暴君，顯得很能為人着想、能融入社會。如果還以為自己是小太陽，人人都疼愛自己，繞着自己運行，那是很危險的，會被嘲笑。可是內心的渴望仍在，這是一份巨大的思念。一旦戀愛了，埋於心底的渴望又會被激發出來。我想起《挪威的森林》中，阿綠說戀愛，像是要吃草莓蛋糕，到喜歡的男生幫自己弄來了，她就一手把蛋糕扔出窗外。戀愛初期這點願望似能短暫地滿足，但內心的空虛像是無底的深洞，男朋友也不是神，遲早被逼瘋離場；又或者他是更厲害的小暴君，要別人臣服滿足他。

　　越自卑、越不能肯定自己價值的人，心底的空洞越大。有輔導員形容這個洞洞叫做「只有神能填滿的洞穴」（God Shaped Hole）。

　　重要的是誠實面對自己，承認內在是有孤寂的感覺的。小暴君忍受不了，會千方百計搞事、尋求慰藉，自己不好過，要別人也不

好過。於是人世間總是吵吵鬧鬧的。能夠自處的人，多麼可愛！

盧雲神父寫道：「由孤寂到能歸依獨處，是一條困難的道路，需要勇氣與信仰。」

成長，就是讓內心的小孩能感到安全、願意長大過來，不再做小暴君，讓位於一個更成熟的成人的人格。

盧雲神父說，寂寞的時候，會傾向思念某人。試試不要找一個人來填補空洞，誤以為有他在，寂寞就能驅散。思念一個人或思念一隻貓，背後其實指向思念媽媽。小時候未有能力面對孤寂，總想媽媽陪在身邊。其實媽媽也只是一個普通的女人，只是有限的血肉之軀，難以承載我心中巨大的孤寂，那可是一個 "God Shaped Hole" 啊！

「不准再寫！快來陪我！」「是。」

「孤寂必須除去」是錯誤的想法。試試跟孤寂在一起，感受一下它。不用怕，它只是一種感覺，殺不死你的。看它來、像老朋友般請他略坐，過一會，它總是會走的。不用除去它，它是一層苦；抗拒，則是第二層的苦，更不忿了。接受它，被它穿透，像霧一樣，它始終會走的。

　　「孤寂隱藏不可知的美。」只有習慣靜靜地，陪伴自己，才能發現孤寂中的美。無論心中有甚麼憂鬱痛苦，我只需靜靜地坐着45分鐘，甚麼都是會過去的。這是練習正念覺察，練出來的自信心。我也讓聖母媽媽抱抱我。唸唸《玫瑰經》，又平靜了。

　　從向外尋找，到往內看；從惶恐地抓住一些東西不放，到無憂無慮地耍樂；於是小暴君漸漸長大。心靈中的導演位，在家時可以讓小孩子坐上去指揮一陣，撒野一下；有時是慈愛的父母照顧養育。跟人合作時，讓成人的自己坐上去，看到自己和別人的需要，同時也兼顧到處境。這是表裏如一的功課，一生都需要學習。

　　半夜，老佛爺又去到糧碗旁站住，要我餵食。我明白他心中想要感覺到被愛而已。我抱他到床上一起睡到天亮。他由小暴君，又變回馴服小家貓了。

> The beginning of love is the will to let those we love be perfectly themselves, the resolution not to twist them to fit our own image.
>
> ——Thomas Merton
>
> *愛，是讓我們愛的人完全地做回他們自己，不扭曲他們以符合自己的想像。*
>
> ——牟頓神父

28

氣量
~~和貓冷戰~~

　　冷戰是一種很難受的折磨。愛對方，卻生他的氣，懷疑他不愛自己。心想寬恕，但彼此還未找到一個下台階，執着，未肯放下身段。

　　這天早上購物回家，老佛爺如常歡呼着出來接我，我把東西陸續放下。冷不防，他已跳過攔在鐵閘前的一塊木板，站在門外。

　　我很緊張，本來想輕輕放下一袋鴨蛋，理不了這麼多，隨手放下，趕忙攔截。老佛爺倒也不是想逃走，他在等我發現他。

　　我把他抱回屋內，卻不進屋，在事發現場叉着手罵道：

　　「誰許你跳出門口？如果你流落在外，就會很髒，毛都會打結。外面有狗、兇惡的狗，又有野貓。你沒東西吃，會肚餓。」

　　老佛爺嘗試大事化小小事化無，自顧自舔毛。

　　我繼續罵道：「你敢再跳出門口？你敢？跳吖！」退後一步，且看他敢不敢再跳。當然，我已把鐵閘半掩埋，自己也擋着。

　　老佛爺乖乖站定定聽我訓話了幾分鐘，不敢走開，也不敢再跳出門。

　　「不跳了嗎？」

　　然後我氣沖沖地回到屋內。他撒嬌要我把糧餵入他口，我也不理他。自顧自掃地、做家務。他自己吃飯。

　　我們冷戰了一會兒。

在他還是小貓的時候，也試過一次冷戰。他擅自走入浴室，我一直不許的，有儲了水的水桶，浸了待洗衣服，怕他亂喝。我趕他出來，生氣地罵他，然後不理他。他在我面前裝出可愛的模樣：蹬着雙腳，兩隻小手在牆邊磨蹭攀爬，睜着一雙水汪汪的大眼睛，楚楚可憐地看着我。我忍着笑，繼續不理不睬，自個自上床睡覺。他跳上床上伴在我身邊。過了一會，我就原諒他了。

今次，他不再是賣萌的小貓了，他已長成一隻好有男子氣概的成貓，他再命令我餵他吃飯，我不理睬。

他看着我打掃完畢，坐下來。我看着他，嘆口氣，對他說：

「好啦！我原諒你啦！」

老佛爺就由他的窩走到我面前，我一邊幫他梳毛，一邊說：

「你別走呀！如果你走了，我會很傷心的呀！很多人都會好難過的呀！」

他舔着我的手，一直舔，舔了好久。我默默接受他的愛，儘管帶倒刺的舌頭磨到皮膚，有微微的不適，但我接收到他的愛，很感動。

我覺得我們能感受到彼此的心情，也體貼對方。經過今次，我們的感情又更深一點了。為免浪費生命和相聚的美好時光；身段，能放下的，還是盡早放下吧！對貓是，對人也是。自身的氣量越大越好，活在世上的目的是為快樂，不值拿別人的錯誤來懲罰自己。愛大，赦免也大。

有一次，子貢的門人問子張與不咬弦的人的相處之道。那時孔子已過世了。子貢跟不喜歡的人，會保持距離。子張很謙虛很厚道：

「君子尊賢而容眾，嘉善而矜不能。我之大賢與，於人何所不容？我之不賢與，人將拒我，如之何其拒人也？」意思是：君子尊重賢德的人，能包容眾人、嘉許善行、扶持軟弱的。如果我大有德行，有誰不能包容？如果我德行不好，別人都抗拒我了，又怎輪到我拒絕他人呢？這句話很好，我貼了在工作檯頭提醒自己。

其實老佛爺的氣量也很大，他乖乖聽我教訓5分鐘，比我一些學生還乖。我也很感謝他的包容。老佛爺是寬容的，好乖好溫馴，是全世界最好的貓。

As anyone who has ever been around a cat for any length of time well knows, cats have enormous patience with the limitations of the human kind.

——Cleveland Amory

任何人曾被貓環繞一段時日後，就足以知道，貓有偌大的耐性去與不足的人類相處。

——克里夫蘭·阿莫利（美國作家）

你們人類很多煩惱都是自己想出來的，真可憐！好啦，我原諒你啦！

29

預留空間
~~距離之美~~

　　小貓貼着我面睡，我呼吸他呼吸過的氣息。忽然，他把手蹭到我臉上，很柔軟的小手掌，肉肉的。我感到很親密，我笑了。不禁為自己擔心：我跟老佛爺這麼親，到他離開時豈不痛死？

　　張愛玲說：「保持距離，是保護自己的情感，免得受痛苦。應用到別的上面，這可以說是近代人的基本思想，結果生活得輕描淡寫的，與生命之間也有了距離了。」老佛爺會說：「我才不要活得輕描淡寫的，我愛得死去活來，不過表面上我要做到輕描淡寫的，實質死去活來！」所以，老佛爺很懂得「玩」距離。老佛爺來親近我，我自然歡喜若狂。他本來陶醉地枕在我手臂上，十分甜蜜；忽然起來走遠幾步，我的心很不捨得。原來他在跟我稍稍保持距離，打個圈，然後又走回來，砰咚的中槍倒下，全身放鬆，享受我的愛撫，好讓我倆享有更多的甜蜜。正正符合了張愛玲說的：「高級調情的第一個條件是距離——並不一定是指身體上的。」

　　工作關係，有時要在學校留宿。不在家的夜晚，令我更想念他；但也喜歡有自己的空間。回家，老佛爺熱烈地歡迎我，高聲歡呼之餘，更倒在地上反出肚肚，溫存一會兒。他覺得夠了，又走開。

紀伯崙說：「歡怡地一起歌舞，但不干擾對方。琴瑟的每根弦線都獨立，卻奏出同一首樂曲。奉獻你們的心，但不要讓對方保管。因為只有生命之手才能接納你們的心。站立在一起，但不要靠得太近；因為殿宇的支柱總是彼此分立的，橡樹和松柏也不在彼此的陰影下生長。」

　　我喜歡親密的感覺。其實，有時淡淡的倒好。老佛爺有時被我黏住，他也黏我。他覺得夠了，就會走開，給自己一些空間。這一方面我不如他，要跟他好好學習。

　　老佛爺和我，各自都需要自己的空間。有適當的距離是美的。

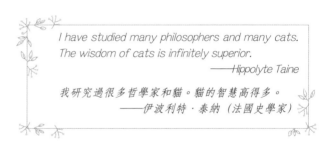

I have studied many philosophers and many cats.
The wisdom of cats is infinitely superior.
——Hippolyte Taine

我研究過很多哲學家和貓。貓的智慧高得多。
——伊波利特·泰納（法國史學家）

小吉祥興奮撲向他喜歡的大哥哥。老佛爺嚴峻的眼神
彷彿說：「小弟，你做甚麼？保持距離！」

30

往內看
~~靜態空椅子~~

「我好嬲你呀!」

在工作間受了氣,我對着空氣叫了一聲,看看老佛爺,他睜大眼睛看着我,一臉茫然。我柔聲對他說:「不是說你呀!」

老佛爺總是想我安好的,他常常看着我,儘管有點被監視的意味,但我知道他是為了要確保我安好。我感受得到。

自從和老佛爺一起生活之後,人也溫柔了,遇到不順心的事,也沒有在家打枕頭了,怕嚇壞了老佛爺。貓其實是很膽小的,會被突如其來的聲響嚇着。

可是,今天我真的覺得痛苦啊!不能對着空氣爆鬧出來,我轉而往內看。

我在對方身上,看到媽媽。我知道心裏一直存在着一種習性,渴望被媽媽肯定。小時候,她丁點兒的否定,會叫我難過得想死。於是發展出完美主義的模式,自己要求自己,越高越好。自己先指責自己。事情做得已經很漂亮了,都不夠,要更完美。很多事都往壞裏想,萬一事情真的出了差錯,心中也早有準備,被罵也是意料中事,有個緩衝。

我靜靜地讓這一切浮現。然後,我對這個心性模式說話:

就算被人說壞話、被討厭，也沒甚麼好介意的，他怎麼看你，是他的課題。

「謝謝你，自小就在我心中出現，為的是想保護我。那時候真有這個需要。一直以來，你令我變得優秀、追求卓越。謝謝你。

如今，我已經長大了，我已經不再需要你保護我了。我已不用再追求別人的肯定，擔心別人會不會拒絕自己。上主、聖母媽媽、天使都深愛我，我敢於接受不完美的自己了。

我要跟你說聲再見了。

再見！」

既不能用罵的，就這樣來一場內在對話吧！我覺得非常輕省，心情立時變得輕快、自由。

謝謝老佛爺的存在，促使我用更靜態的方式檢視自己，讓我對自己有新發現。

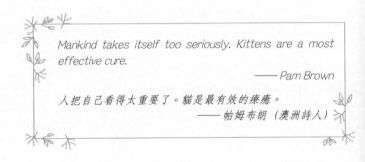

Mankind takes itself too seriously. Kittens are a most effective cure.

—— Pam Brown

人把自己看得太重要了。貓是最有效的療癒。

—— 帕姆布朗（澳洲詩人）

臣服
~~命運~~

　　樓下的鄭叔叔養了一隻狗「財財」、一隻貓「尾尾」。尾尾原是街貓，成功佔據了他的心，可以出入他的花園。鄭叔當然也天天準時餵食。那貓後來腎炎死了，鄭太告訴我，叔叔哭了呢！我便讓叔叔抱抱老佛爺。

　　後來，另一隻啡底黑斑的街貓又擄獲了鄭叔的心，他叫牠污糟貓，我叫牠花花。花花也認得我，見我出門，就走來我家門口亮一亮相，叫一叫，我就乖乖的給牠一點老佛爺吃不完的糧，牠就跑回鄭叔慣常餵牠的圍牆上，等我把糧放下。牠吃得很香。

　　餵食地區距離我們的小屋幾步之外，鄭叔叮囑別在家門前留下食物，怕引來了老鼠。我們都很樂意餵花花，但牠似乎比較喜歡老佛爺優質的天然糧。鄭叔說多了的糧都是被小鳥吃了去。那便吃吧！

　　下雨天、寒冷的晚上，我有時會想：花花冷嗎？牠的一隻眼睛有點模糊，不知道是白內障還是曾經打架受傷。有次下雨天，牠在街上叫，大概很餓了，我冒雨走去給牠糧。

　　愛吾貓以及人之貓。

　　我從未碰過牠。尊重牠給我定下的距離。另一方面，我也害怕，一旦跟其他貓又有了感情，又多一份難以割捨的牽掛。我是鐵

了心只養老佛爺一隻貓，他這麼溫馴，不在家的時候，其他貓一旦欺負他，就沒人救他了。下班回到家中很累，僅有的氣力，我寧願只撫摸老佛爺。而且貓有地盤意識，不見得喜歡被別的貓侵佔領土或主人。老佛爺自小愛自個兒睡覺，對其他同伴都不大答理。反而是其他貓愛他。他憂鬱絕粒的日子，無心自理，Jomi幫他舔毛，但是他都沒太大反應。上教堂，波斯貓珍寶嗅嗅他，他理也不理。他比較喜歡人。

所以我小心守住自己的心，專一於佛爺，不敢到處留情。曾翻過一本香港《街貓》的攝影集，作者追蹤了好幾隻街貓的日常、病痛及死亡。其中有一張，是貓媽媽眼睜睜地看着自己兩隻初出生、無毛老鼠似的小貓被大水沖走。我不忍細看，怕哭。對於街貓的勇敢，在短促的生命中活出牠們自己的亮麗，令人敬佩。苦難的問題，我不能回答，只知道苦難是推動人追求真理、成長的推動力。

尾尾、財財、花花自有牠們自己的命運，我尊重。很多人都說老佛爺很好命，也是的；可是他受過的苦、驚恐、牽掛、濃濃的思念、平日在家守候多時才盼到我回家、做過的手術……我覺得是我命好，可以生而為人、可以追尋真理、可以被老佛爺認定，渡過許多溫馨時光。

每個人、每隻貓都有他們自己的命運，要帶着敬意好好尊重。

Way down deep, we're all motivated by the same urges. Cats have the courage to live by them.

—*Jim Davis*

我們在心底深處，都受到某種相同的強烈的願望推動。貓就有勇氣把它活出來。

——吉姆‧戴維斯（漫畫家‧加菲貓作者）

獎勵自己

~~看百老匯舞台劇 "Cats" ~~

「當你觸摸我，就知道快樂的真諦是甚麼。」臨近結局，女主音現場唱出這句歌詞的時候，我哭了。她唱得真好聽，令我想到老佛爺。我曾經觸摸着他毛茸茸的身軀，感受到濃濃的愛，感謝他暖暖的陪伴感動落淚，而且不只一次。貓，教曉我放鬆、活在當下、享受甜甜的摟抱的親密時光，簡簡單單的就很滿足。寫這歌詞的必然是愛貓之人。原來 "Memory" 這歌是寫給一隻貓唱的，寫得真好啊！

那是一隻曾經風華絕代的貓，滄桑了，回首前塵。月亮照着，葉落風寒，她記起自己曾經美麗，回憶中有許多快樂的真諦。如今她老了，落泊了，被歧視驅趕。她隨着一班貓在月圓之夜聚集，在長老面前輪流講述自己的故事，競逐一個重生的機會。

其中有肢體柔軟的小白貓，舞跳得煞是好看。雖然不及真貓的矯健靈敏，但也夠輕盈，單腳站着，另一隻腳慢慢舞動，雙手模仿貓兒慵懶舔毛的姿勢；一會兒又跪爬地上，兩手輪流在地上按壓，活像貓兒憶起吸啜母乳時踩奶的動作，令人叫絕。另有橘色的小母貓，雙手猛地抓頭毛，像貓兒想捕獲吊高的玩具的憨態。有時擰擰小頭，擺動小腳，像瑜伽貓式那樣伸直雙手跪趴着；貓兒睡覺累了也會這樣伸懶腰，很可愛。有做賊的貓，又跳又唱，很夠氣；他們

活潑聰敏，覺得他們越壞越有趣。果然，後來出現越來越壞的貓，舞姿也越來越強勁。魔術貓的芭蕾舞底子好厲害，一連好多個美麗的跳躍。他不用唱，有別人介紹他，為他唱，他可以專心發揮舞藝。

有一隻劇院的老貓，衣衫襤褸，回憶從前演藝事業的成就，以為他說完，回頭又說，又再說。真像一些人，搜尋過去，想在流逝的黃金歲月中留住生存的意義。長老很溫柔很寬厚，索性叫老貓演出來。群貓也配合，於是來了一次貓扮狗的模擬衝突，他不再襤褸，亮麗地登場，排難解紛。他尋回了生命力。我喜歡那高大睿智的長老貓，很體貼他人的需要。

忽然有銀色的高高大大的虎紋貓來到我的座位附近，近距離看到他，我用廣東話哄他說：「嘩！好靚的貓啊！你好靚啊！你好靚啊！」我像孩子一樣向他微笑揮手，差點要摸摸他，但忍住，怕冒犯了他。貓不一定容許人摸的，可以好兇猛，尤其是他這麼大隻。演到近尾聲，另一隻銀白貓行近我身前，伸出毛茸茸的前爪給我，我輕輕摸了摸，好開心。坐我身邊的朋友Sarah也感受到他邀請我摸他，我捕捉到機會，她很為我開心。謝謝她幫忙購票。

最後，日出了，女主音唱出了美好的心願：深願自己重獲幸福的滋味。本來排斥她的貓一一觸摸她，認同了她。長老選了她，她就飛升，成為 "Everylasting Cat"。咳，擁有永生的貓，真夠幽默的。這劇是經典，因為有很多有趣的台詞。例如貓見證過埃及獅身人面像的建造。貓永遠在門的另一邊：錯的一邊。貓至少有三個名字，一個家常日用的，一個別致具代表性的，還有一

個只有貓自己知道，是秘密。貓有他的尊嚴，人對貓要尊重，你以忠誠對他，他會以忠誠還你。

　　整個表演給我知性上的享受、聽覺及視覺上的享受。我是這麼的好，真值得獎勵自己看一場經典音樂劇。

　　老佛爺在家忠誠地等着我。今天很冷，我在外工作，卻很放心，床上開了暖暖電氈，瓊保姆為他用羽絨被子摺了間三角形的小屋，他窩在裏面很舒服。此刻，老佛爺坐在我鋪了綿軟軟毛巾被的大腿上，發出滿足的咕嚕咕嚕聲。我摸摸他、聞聞他，很溫馨很快樂。

> *There are two means of refuge from the miseries of life; music and cats.*
>
> ——Albert Schweitzer
>
> *有兩個避難所可讓人在生活的悲慘中得到庇護：音樂和貓。*
>
> ——史懷哲
> *（法國神學、音樂、哲學、醫學博士，傳教士，1952年諾貝爾和平獎得主）*

33

喜愛閱讀
~~貓和書~~

喜歡逛書店，尤喜逛誠品，有個角落總會陳列一些貓書，很能勾起我購買意欲。我想像我寫老佛爺的書，有一天也放在這兒，讀者歡喜地翻看，心中感到暖呼呼的，又覺得很耐看，忍不住買下細讀或送人。嘻嘻。

貓提供了一條閱讀的線索，可以是文化的、歷史的、心靈的、生活的、優閒的。

瀧森古都收養了流浪貓，有些是主人搬家時留下來的。於是他寫了《在悲傷谷底，貓咪教會我的重要事情》的小說，書中的老貓，終於能夠跟主人重逢。他寫出在悲傷盡頭，貓咪教了人要好好活下去。有生命，就有希望、夢想和未知的邂逅。

Kenya Doi《在搗蛋中陪你渡過每一天》，拍攝了日本許多店舖中的貓，俏皮有趣。荷蘭攝影師Marcel Heijnen拍攝香港舖頭貓。有貓的氣味，就可以防範老鼠。這是店家的生活智慧。他拍出了舊區小店的獨特風味。

町田康拾了一隻街貓，帶回工作間，過程描述得很仔細，我見到他的溫柔。他先煮熱水，放進威士忌空瓶子，用布纏好，放在貓

陽光正仁慈地滑過睡床。愛一個人，會去看看
她喜歡的風景。你愛書，我也看看。哎呀！我
忘了我不識字。

身邊暖着牠。他怕牠熬不過這一夜：「眼睛因為眼屎而潰爛，傷口發炎化膿，硬化的膿黑黑地黏在嘴巴四周，耳朵也流着膿汁，毛到處脫落，裸露出粉紅色的肉，好像骨頭標本，孱弱的後腳細到根本站不起來。」「抱起來輕得像紙張。」

後來這小貓被救活了，取名叫「哈啾」。

町田康是寫《告白》的作者。他看事情的角度可以很詭異，把貓也看得很攻心計。他的觀察很有趣，譯文流麗，值得一看。可是小心啊！會落淚的。

在香港大學書店買了兩本尾指大小的袖珍貓書，由澳洲作家Pam Brown編寫，我愛不釋手。片言隻語，叫人會心微笑。她抓到貓的核心：

「一隻貓無須狂野地示愛。輕輕倚着你的腳、一聲啁嚶，用小爪輕柔地碰觸，訴説着：『你回家了，我很喜悦。』」

「貓只需輕蔑地半閉眼睛，就能削弱最強大的自我。」

媽媽愛看動物片，很喜歡《子貓物語》。那時看貓在春日花間跑步，美則美矣，但少女時代的我覺得悶了點。媽媽過身後，我買了這齣戲的光碟，懷念地再看一次。養了老佛爺之後，不知道會不會看得投入了些呢？據聞拍此片時，死了幾隻小貓。唉！

《貓咪去哪兒》這片最後聲明拍攝期間，沒有動物受傷。這令我安慰。故事是講一個日本青年拳手因傷，不得不放棄夢想。期間，兩隻貓兒陪伴他，啟發他。他把照顧貓的過程畫成漫畫，因為由心而發，所以感動到人。他成功轉職為漫畫家，追逐另一個夢。這也是會教人哭的啊！

喜歡俄國的少女Landysh畫的繪本，貓的動作和旁白都很有童心，令人欣喜。她的貓如果見她遲遲未睡，就會很焦躁，趕她快快睡覺，媽媽似的。然後清晨4點就叫她起來餵食。她說：「生活中的美好事情都跟貓有關。」十分同意。這書值得珍藏。

　　有次見到貓與友誼的書，有美麗的貓相，不加思索，立即買下。回家一看，原來是講交友的書，不是講貓的，只是用貓的相片作點綴。我有點失望，漂給學生看了。

　　《人生總會有辦法》是勵志書，搜集了名人故事，配合精美的貓貓相片，又可掰下來變成明信片，也很值得買。其中一幅是貓跳起，抓着門的把手，試圖開門，鼓勵人抱持希望，總會有出路的。

　　好同事卿卿送我《貓之物語》，收錄了世界文學中迷人的貓經典，配以名畫；我很喜歡，立即捧讀。海明威十分高明，他筆下的女主角即使有丈夫，仍十分寂寞。她把寂寞投射到雨中瑟縮的小貓身上。她想要一隻小貓，立即就有人送她一隻。

　　契訶夫描述小貓的白日夢：「在牠貓科動物的想像中，浮現了阿拉伯沙漠般的畫面，上面有一些影子在晃動，模樣很像家中的廚子、爐子和掃把。影子中突然出現了一碟牛奶。碟子長出了爪子，開始移動，而且有逃跑的傾向。」嘻嘻，連大作家也幻想小貓在想甚麼。

　　吉卜林在《獨來獨往的貓》一篇中，杜撰了貓入住人類家庭的神話，解釋了狗和男孩為甚麼要追趕貓。故事充滿童趣。

卡夫卡把人比喻為鼠，有感於世界越來越窄，最後不能避免地被貓捕獲吞噬。貓代表命運。

芥川龍之介在《阿富的貞操》，用貓的視角描繪了戰爭之前的一場夜雨：「每次雨聲變大，貓就會睜大琥珀色的圓眼。連爐灶都看不清楚的廚房裏，也唯有在此時會出現陰森森的燐光。然而，一發現除了嘩嘩的雨聲，一切都沒有改變時，貓就動也不動地再度把眼睛瞇成一線。」

「貓彷彿被甚麼東西嚇醒了，忽然睜大眼睛，同時也好像豎起了耳朵。雨下得比之前小了很多，可是除了路過的轎夫說話聲外，外面甚麼都聽不見……貓越來越不安，牠瞅着打開的門口，緩緩抬起肥大的身體。」阿富是婢女，為主人冒雨來找貓，遇到危險，有人拿貓的性命威脅，要她的貞操，幸而最終她沒有損失。故事側寫發動明治維新的一班人，是君子人。

梶井基次郎的描繪細膩：「貓的耳朵實在是很奇怪，薄薄的，冷冷的，好像竹殼，表面長着絨毛，裏面卻是光禿禿的。好像很堅硬，也好像很柔軟，是一種無法形容的特別物質。從孩提時，說到貓耳朵，我就很想用剪票器喀嚓一聲剪看看。這是不是很殘酷的幻想？」

愛倫坡有很殘酷的幻想，在《黑貓》中有冷血的描述，有人虐殺貓。魯迅看過，也覺得駭人。

小泉八雲筆下那畫貓的男孩，所畫的貓，戰勝了作惡的妖鼠。故事有聊齋風味。

無論是閱讀有關貓的書，或者是閱讀一隻貓，都很愉悅。尤其重要的，是在過程中，閱讀自己的一顆心。

> 讀書使人得到一種優雅和風味，這就是讀書的整個目的，而只有抱着這種目的的讀書才可以叫做藝術。一個人讀書的目的並不是要改進心智，因為當他開始想要改進心智的時候，一切讀書的樂趣便喪失淨盡了。
>
> ——林語堂

34

長幼有序
~~海寧格和貓~~

海寧格是德國哲學家，發明的「家庭系統排列」，令我更明白孔子、老子的教導，也助我更敬畏上主，開發靈性，更明白人生；也有助我與老佛爺好好相處。

孔子教人孝道，尊重在上的，處事恰如其分。海寧格也讓我禮敬父母，不可背負他們的重擔，不得僭越。父母是大的，我是小的。上主是偉大的。命運是奧秘。我更恭敬馴服。

我是大的，貓是小的。這有助我抱持正確的家庭序位。回到家一身汗，他很想我跟他玩，我先梳洗，照顧好自己；他就在浴室門外乖乖等着。弄吃的，先給自己吃；然後再餵他。所以他梳毛清潔是很合作的。我堅持要完成，他不情願都好，也勉強配合。家中有正常的序位，和諧美好。

海寧格説：「凝定使我們融入純淨的當下。我們並不因此失去自己，我們與之嬉戲並同時與完整、寂靜、和諧的生命流動。我們找到自己的位置，同時變得自由廣闊、靈活和凝定。這真實凝定的體驗可能是最接近我們對神的感受。」這是與道同行的美麗描述。與老佛爺靜靜地呆在一起，甚麼也不用做，凝定地對望，放空的時刻，也是與道同行的時刻。

帶老佛爺去海寧格讀書會，各自有自己的位置，自得其樂。

海寧格又說：「感恩打開了人與人之間的心。它打開送出禮物之人的心，因他得到感謝；同時也打開收到禮物之人的心，因他心存感謝。」我常常感恩上主把老佛爺送給我，並派天使日夜看顧；這是我收過最喜歡的禮物。

「對神的感恩轉變了我們靈魂的內部，我們覺察並感謝自己對神的依賴，因而變得謙恭。我們對神的感恩並不會讓我們長久擁有一份禮物，而是保持著即時性；比如說在一個危險情況下得到意外的援救，或者於重病中恢復健康。這類的感恩讓我們更為謹慎，並回歸到中心。」老佛爺小時候因思念我厭食，近百人為他祈禱，保住了小命，是神的恩典。

「我們不知道要將感謝送到何處，因而就把這份感激留在身邊。這種感恩與其說是一種行為，不如說更是一種存在的方式，一種處於當下的品質。」每見到老佛爺，都感恩。一感恩，就不復抱怨，回到當下。

我有幾位讀書的朋友，幾年來一同研讀海靈格的著作，並以排列作為探究真理的工具。他們見證了老佛爺來到我身邊的過程。我帶老佛爺去讀書，很受歡迎。有張相片，拍了我和老佛爺一人一貓各自坐一張椅子；我一邊喝茶一邊聽書，他自顧自舔毛，我很喜歡。老佛爺兩歲生日那天，剛巧又是讀書會，就買了蛋糕帶了他去。來不及準備派對帽子。我沒出聲，Veronica已帶來小禮帽幫貓戴上，很有歡樂氣氛。我很驚喜。

有次排列助我了解到我忽略了老佛爺。我代表我自己，對面站着老佛爺的代表。我身體向着他，看着他。他卻不看我，看自己的右前方，有點貌合神離的意味。導師Timothy説：「如果是夫婦，關係已完蛋了。」噢！有段時間以為老佛爺一定是很愛自己的，就掉以輕心，放工回家太累，就少陪他。有了這個發現，立即改過，不再只顧自己，更用心愛他。

海寧格説：「舒適的生活不是全然的生活。全然的生活不止於此。」生活中一定包含很多勞動，養老佛爺令生活多了家務，但也很好。少了些舒適，但有了老佛爺，生活更圓滿幸福。

> 當你回顧一生，你會發現，你真正活過的時刻就是你秉持愛心做事的時候。
>
> ——杜倫蒙德（加拿大詩人）

35

活在死亡前
~~深情的獅子約當~~

老佛爺常常陪我閱讀聖人傳記。這天，我讀到聖日拉西瑪的事蹟。他是475年間小亞細亞的隱修士，在約旦河畔創立了一座修院。修士常守靜默，夜間睡在蘆蓆上，即使寒冷時也不生火取暖，只吃麵包、棗子和清水；每天祈禱勞作。日拉西瑪自己守的院規更嚴，封齋期內，除領聖體外，不吃任何食物。

有一天，日拉西瑪在約旦河畔散步，一頭獅子蹣跚地走到他身前，舉起一足，很痛苦的樣子。原來牠足趾上插着一根刺，日拉西瑪就給牠拔去，並用布幫牠包好傷口。這獅子不肯離去，日拉西瑪就將牠養在修院。

院內有一頭驢子，負責運送水桶。牠每天出外吃草時，獅子就陪牠一同到牧場去，保護牠。一天，驢子被遊牧的人偷走了，獅子獨自回來。日拉西瑪說：「你怎麼自己一個回來呢？你一定是把驢子吞吃了。」獅子有口難言，只瞪眼望着主人。日拉西瑪說：「好吧，你既然把驢子吃了，從今以後，你應代牠工作。」果然，自那日起，獅子每日運載水桶到修院。真神奇！聖日拉西瑪一定很有愛心，很有吸引力，令到一頭獅子這麼依戀他，聽他的話。

過了一段日子，偷驢的遊牧人又帶着那頭驢子在附近走過，獅子看見了，上前將竊賊趕走，帶着驢子回來。聖日拉西瑪才知道之前錯怪了獅子，就給牠改名叫「約當」。

和我一同笑過的人，
我可能會把他忘掉；
但陪我一起哭過的
貓，卻永遠不忘。

　　聖日拉西瑪死後，獅子很悲傷，不肯吃東西。新院長對牠説：
「約當，你的老院長到耶穌那裏去了，你不要太悲傷，照常吃東西
吧！」獅子嗚咽哀鳴，不肯進食。新院長無奈，就帶牠到日拉西瑪
的墳上，含淚指着墳墓説：「你看，他就葬在這裏。」獅子一聽
到，就躺在墳墓上，以頭碰地，任憑怎樣勸牠，也不肯離去。

　　幾日後，獅子就這樣死在墳上。

我哭得嘩啦嘩啦。貓科動物真是這樣深情的。我很心痛這頭好乖的獅子，他見不到心愛的人，一定很悲傷了，傷心到食不下嚥。老佛爺對我的深情，教曉我看得懂這獅子的心情。約當平日為心愛的院長守護修院、守護驢子。一隻獅子去擔水！可牠是願意的，不只是願意，而且是甘心樂意的。牠深深愛着聖人。聖人也愛牠。他們一起渡過多少個幸福的日常呢？

如果我死先過老佛爺，那就不好了。

我哭着寫這篇文字，老佛爺跳上來我身邊陪着我。他要站到我的電腦上去，我不許；他也就乖乖的回到自己位置上去了。幸福的日常。活在死亡前，就能滿懷大愛地做一些小事，感情銀行存款豐厚，且累積到天上去。有一天，當我回到原本的家鄉，我們是能相遇的。我要抱着我的老佛爺，聖日拉西瑪牽着約當，好「有型」的緩緩向我們走來。我們連忙趨上前去，微笑着晉見聖人。老佛爺聞聞約當，他們兩個當有聊不完的話題。

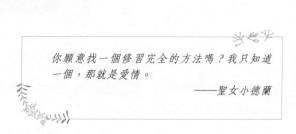

你願意找一個修習完全的方法嗎？我只知道一個，那就是愛情。
——聖女小德蘭

36

甘心做獵物
~~聖女小德蘭的神嬰小道~~

　　早上快要醒來之際，腳邊感覺到橙色牡丹花絲綢被子上有個暖暖的小小的東西微微地動，是有生命的。貓跟我如此親近，心頭一陣溫暖。非常喜愛老佛爺，本來貪睡，但更貪戀和他溫馨纏綿的時光。他自睡夢中睜大了眼睛，像在說：「等你很久了。來吧！」很有默契的感覺，摸摸他。他很快就翻轉身露出雪白的肚肚，我摸他下巴、肚皮。今天發明了震震震再輕輕掃的頻率。他的表情告訴我，他感到開心新奇。我幫他按摩大腳內側的關節，提起他兩隻後腿前後搖擺，幫他做運動。

　　然後，他興奮起來，小手小腳猛地踢動，要抓住我的手，我把衣袖拉下遮着手掌，由得他抓住，他拉過我的手到嘴邊輕輕地咬。這是愛的咬咬。儘管他的表達是如此着急暴烈，但仍是非常溫柔的，不出爪，不會弄傷我。其他貓未試過，也許只有老佛爺才如此溫馴。我笑着說：「是嗎？是這樣愛我嗎？」他意猶未盡，咬完右手換左手。老佛爺從未見過老鼠，家中也沒有甚麼蟲子讓他追，只有我是活生生的，所以很樂意暫時飾演他的小獵物。能夠被他捕獲，是一件愉快的事。

　　聖女小德蘭說：「我要做小耶穌的獵物。」感謝老佛爺，我覺得我有點明白她在說甚麼。她又願意做小耶穌腳下的小皮球，隨他喜歡踢到哪兒去，又或者被遺忘在某角，都可以。到小耶穌想到她時，才找她出來，她也歡喜。她的自我是多麼小！這樣的靈魂是多麼的純潔美麗。

聖女小德蘭發明了「神嬰小道」，是一套很實用的靈修方法。她認為自己不是那些偉大的靈魂，要成聖，還是得在小小的事情上靠主耶穌塑造。她自覺是弱小卑微的，惟有靠主耶穌強壯的手臂把她抱起，像坐升降機一樣上升。而她怎樣回應耶穌的愛？是以她的愛情。她愛祂，甘心為祂受苦。日常生活中所有不便、大大小小的艱難，都可以化為一份份小禮物獻給耶穌。所以她不只不抗拒受苦，甚至感恩可以受苦。

老佛爺和我發現了「神貓小道」，我想像自己是神心愛的小貓咪。我把老佛爺從地上抱起。主把我從地上抱起。我把貓抱在懷中輕輕搖晃，主把我抱在懷中輕輕搖晃。我願意被老佛爺咬咬，雖有少少痛，但也很甜蜜。

有時被學生言語刺傷有點痛，好啊！有少少痛楚，可作為小禮物送給小耶穌。我知道學生內心的自卑和惶恐，他們帶刺的外殼其實是求救的信號，我很開心有機會接觸他們、接納他們、開解他們，助他們發現自己。他們也助我與主耶穌聯繫上，甜蜜的連繫上；於是，我可以甘心當一會兒獵物。

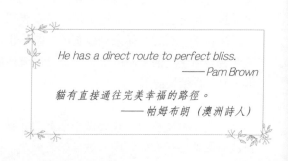

He has a direct route to perfect bliss.
—— Pam Brown

貓有直接通往完美幸福的路徑。
—— 帕姆布朗（澳洲詩人）

觸摸帶來瞬間的感動。你不是因為美麗才可愛，而是因為可愛才美麗。

懷抱的甜蜜
~~神聖嬰兒~~

老佛爺睡在枕邊，是一天中最美好的時光。

有時忍不住撫摸他的小頭、胖胖的身軀。他很溫馴，由得我摸。也許他一直等着我摸，有時很快就反轉了肚肚，舉起兩隻小手，愛嬌地要摸下巴摸肚肚，一臉陶醉，發出咕嚕咕嚕的聲音，瞇着眼睛好滿足。雖然我累了，也盡量再多摸他一會兒。我很喜悅，感到甜蜜、溫暖。這個當下，純粹而美好。好多篇日記，都忍不住會寫下親密的共寢時光。

抱一隻貓已然這麼快樂，那麼，自己的孩子，豈不更加不得了？我問當了母親的友人，答案是肯定的。

我又再想，如果聖母媽媽抱着嬰孩耶穌，兩個都在床上躺着。聖嬰熟睡了，寧靜而安祥，周遭有一股神聖的氛圍，瑪利亞會是怎樣的感恩！那會是多麼真實的當下！如果她寫作，啊，不得了了。聖經遺留下給我們的片段，其實不多。

穿深啡色僧袍的聖安東尼，是1220年間聖方濟會的修士，善於講道，常救助貧苦。有一次，他在一位伯爵的家中借宿。晚上，伯爵發現聖人的房間有奇妙的光芒，不禁走近，聽見房中有說話的聲

音傳出，他便好奇窺探。他見到聖人手抱住嬰孩耶穌，奇異的光芒由聖嬰身上發出，充滿整個房間。天真無邪的小耶穌伸出小手撫摸聖安東尼的臉。聖人沉醉在耶穌聖嬰的光照中，兩人其樂無比地交談。

宣揚耶穌慈悲的聖女傅天娜，在1930年間的日記中記下她在感恩聖祭得到神視，看到耶穌以神聖嬰孩的形象顯示，非常可愛，卻在施祭的神父手中被舉起、掰開。

我看到這裏，心中很不舒服。但是這是最高旨意的命定，我必須馴服接受。

我不能想像深愛的小白貓老佛爺會被人舉起、撕開。我也不會為救貓兒，俯身成為貓，並為貓兒而死。這愛至為偉大、莊嚴、深奧、悲壯，人不能測透。我只能在這浩瀚的勢能面前，謙卑地接受，微聲地說：「因祂的至悲慘苦難，求祢垂憐我們和普世。」

如果我能抱住嬰兒耶穌……

知道自己深深被愛，是一生中最美好的時光。

> 神愛世人，甚至將祂的獨生子賜給他們，叫一切信他的，不致滅亡，反得永生。
>
> ——約翰福音3章16節

靈性的連繫
~~凝視自己~~

去靈修營，神父捧出一幅東正教的畫像，畫中的耶穌眼大大。神父叫我們感受一下被上主慈愛地凝視。

我立即想到老佛爺！在營會好幾天，不能跟他一起睡覺，見不到他的面，很掛念。我想到老佛爺常常凝視我。我上大號的時候、浸浴的時候、吃飯、看書、寫作、煮飯、園藝……他都站在不遠處，看着我。有時睡眼惺忪，也站立守着我，我很感動。

是老佛爺幫我明白上主對我的凝視的。每時每刻，我都被愛着，深深地被愛着。天父很愛我，賜下這寶貝的貓兒來陪我、凝視我。

然後，我看着畫像中主耶穌的眼睛，深深感動。我在上主的注視下唸了一串玫瑰經，感到溫暖美好。第一次體驗東正教畫像的威力，助我快快進入靈性的連繫。

靈性的滿足，是很纖細的、純粹的。這是一種很自然、很基礎的狀態。心，其實很易空虛。我有人生意義、工作很有成功感、有很多好老師、好朋友。但是，如果心中靈性的土壤枯乾了，就有點兒不對勁了。所以每年都要上山靜修一下，遠離手機，充充電，更新心靈。上山，是為了下山服侍；離開，是為了回來，再好好地生活。

沒見老佛爺幾天，一回家，他歡呼大叫，我抱着他良久。他也讓我抱得比平時久一點。晚上，他自己走來睡在我枕邊，非常滿足

175

地發出咕嚕咕嚕的聲音。我看着心愛的小貓，睡得真香，眼睛鼻子小嘴擠在一起。我和他都沐浴在愛中，空氣瀰漫着甜美。這樣平凡安祥的日常，已經很美好。

愛一個人，就會細細凝視。小時候，那時還未學懂不愛自己，我會做一項儀式，是自己發明的：凝視鏡中的自己。看看左邊，照照右邊，有時兩塊鏡子照，看另一面鏡子反照出正在凝視自己的自己。看到一個地步，覺得喜歡自己，夠了，就放下鏡子。

漸漸長大，升學、工作，變得沒那麼喜歡自己，更懷疑自己、責備自己，後來不快樂了好長一段時間，工作不順，婚姻出現問題。看Louise Hay的書，她教人做鏡子練習：看着鏡中自己的眼睛説「我愛你」。我有做，不是常常做，也不是特別喜歡。咳，我原來花了二十年學習跟自己疏離，以別人及社會的眼光批判自己；然後再花二十年甩開不合適的心性模式。難怪人要活到七、八十歲，覺醒得早的話，也許還有十七、八年好日子過。我明白貓為何只有十七、八歲命了，他一直舔自己、愛自己，沒有觀念，不用理會別人的目光，純然地活在愛中，並把愛帶給身邊的人、把活在當下的信息教給同一個屋簷下的人。所以十七、八年，盡夠了。要明的，自然會懂的。不要碰觸自己的心的，貓再陪下去也是枉然，乾脆回到造物主懷中好了。

今次靈修營接觸到上主的目光，心靈某處被醫好了。我終於能夠再次凝視自己了！我看見鏡子裏的自己，良久。我可以看進自己眼睛，感到喜歡自己。我做回那個活在愛中的小女孩了。在鏡中，童年時凝視自己的欣喜，與現在的自信愉悦地重疊。走了一圈，又

回到鏡前。不愛自己的時光都是虛渡的。真實地感受到愛，全心全意地生活，這些真實時刻才算數。感謝老佛爺的凝視，讓我生活很多時刻都真實可喜。

可能你會說：這不是自戀嗎？有點吧！但不要緊，自戀可以化為自愛；愛自己之後，才能真的愛到別人。老佛爺天天都愛自己，細細舔自己的毛，連尾巴的尖端，也愛惜地舔得貼服。夠自戀了吧？就是他夠愛自己，所以才能給我許多的愛。

上主給我的凝視，是溫柔的、恆久的，充滿慈愛，一直等待我接受。

老佛爺給我的凝視，是實在的。他不會嫌悶，只是忠誠地恆常地望着我。我在看書，他在看我。有時我想：「老佛爺，你不悶的嗎？」我不知道他對時間的感覺如何。看到他像母雞蹲坐着，一臉嚴肅，靜靜守候，我很感動。有時不禁縮短閱讀的時間去陪伴他。有時我在大便，他走入廁所看我，甚至躲在我腳底下。我笑問：「不臭的嗎？」然後摸摸他的小下巴。

凝視純淨的當下，與之嬉戲，同時與完整、寂靜、和諧的生命流動。
——海寧格

有時候，我不敢相信自己，批評自己。但是通過愛的凝視，連大便都有老佛爺覺得好看，也就沒有甚麼地方要批評自己、不喜歡自己了。通過貓的、人的、上主的、我自己的凝視，漸漸，我敢相信，我是好的。上主的創造是美好的。

我可以好好凝視自己。

我也喜歡凝視老佛爺，他大便、小便、行路、奔跑、跳躍、舔毛、進食、喝水、睡覺、看風景的樣子，通通都可愛。他是完美的。我也漸漸相信上主、貓、愛我的人看我，也是完美的。然後，感覺到肩膀放鬆了。

我很感恩曾學習正念，就是觀察眼前的感受，不批判，純然地覺察。心像個舞台，觀眾也是自己，凝視一幕接一幕的肥皂劇。例如此刻捧着書的力道、呼吸的深淺、心中的意念、引起了甚麼想法、帶來舒服還是不樂的感受；一一都可覺察。有覺察，就能重新跟自己連繫。有覺察，就有自由。自覺不好時，活在恐懼中，肩膀便會不自覺地繃緊。一旦記起自己活在愛中，身體自然就會放鬆。

你敢相信自己深深地被凝視的嗎？你感受到愛嗎？老佛爺相信。我也相信。

> 耶和華啊！你已經鑑察我，認識我。我坐下，我起來，你都曉得；你從遠處知道我的意念。我行路，我躺臥，你都細察；你也深知我一切所行的。
>
> ——詩篇139章2節

39
接受自己
~~被貓作弄~~

不記得是哪位哲學家說過：人，要和人群一起吃飯；獨自進食是野獸的模式。不知道老佛爺是否也有這種思想，他喜歡人陪他吃飯。

接他回家的第一個晚上，他因整個月吃得很少傷了腸胃，要吃糊狀的糧。他吃了幾口，就心不在焉。我蹲在旁邊溫柔地餵他吃，他就乖乖吃完了，我這才鬆口氣。說到底，他是為了思念我所以絕食。好不容易撿回一條小命，自然要好好呵護。

定時飲食，小心控制飯量；小貓漸漸回復生氣，變得活潑。有一晚，放下糧碗之後，我做回自己事情；他忽然又不肯吃了，守着等我，原來是要我陪。好吧，就看着他吃完那餐飯。

他越長越壯，我也放輕鬆，漸漸，也忘記了他喜歡人陪他吃飯的事。放下一碗糧就上班，他自己自主地吃飯，這樣過了好長的一段時間。後來Joni保姆寵他，用手餵他吃雞胸肉。他被寵壞了，一定要人餵，才肯吃濕糧。後來進展到要我餵他吃乾糧。我上班時間長，能見他的時間少，所以都會隨他意思，多餵餵他，促進親子感情。

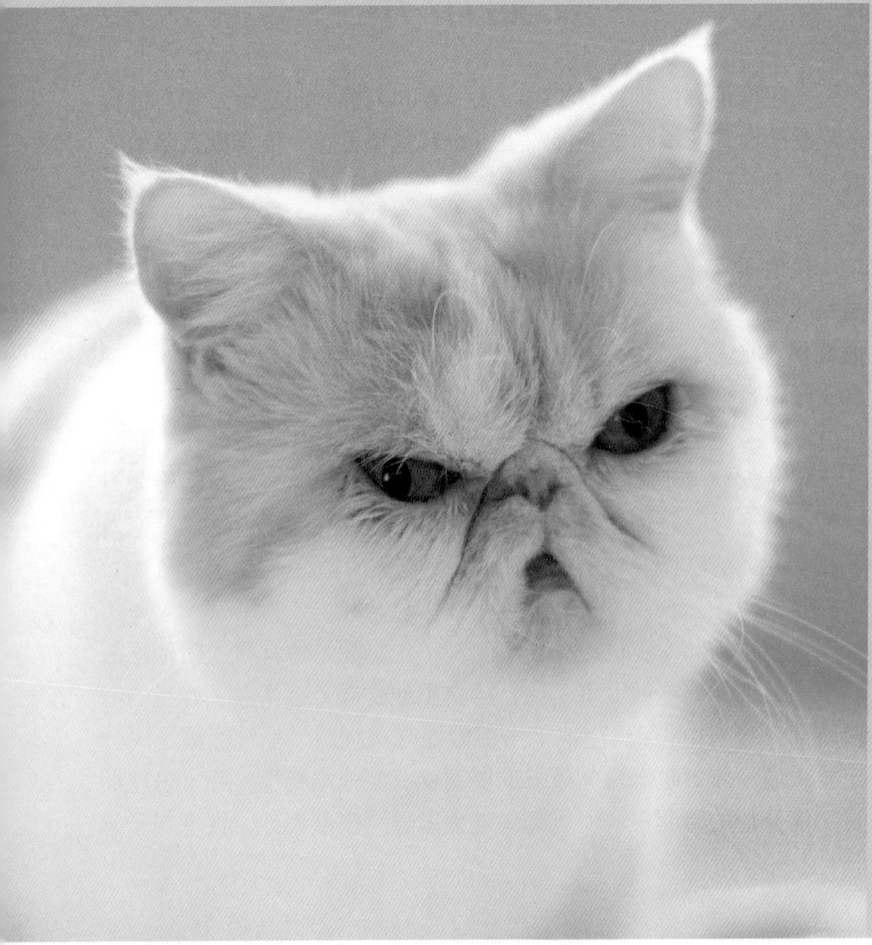

這是老佛爺的招牌表情，一邊嘴角微微向下𠹌着，
有點不屑，帶點輕蔑；但仍十分十分可愛。

通常是「喵！」的一聲，他帶領着我行近糧碗，我就跟隨，乖乖端起碗，一小撮一小撮地餵進他的小口。

這晚，我剛餵過不久，他又叫我，領我到糧碗。我感到有點奇怪，不虞有詐，仍乖乖的端起糧碗，如常地餵他。怎料，老佛爺驕傲地抬起小頭，把面別過一邊，輕盈地跳開。我這才知道被戲弄了！我竟然被一隻貓欺騙，又氣惱、又歡喜、又甜蜜。我把老佛爺按在地上猛摸他的肚肚，他瞇着眼睛很無賴地笑着享受被撫摸的快樂，真是一個叫人又氣惱又疼愛的小壞蛋！

沛如笑我：「連貓都欺騙到你！」是啊，有時我是很笨的，又如何！我喜歡自己。我接納自己。我可以改變。

我吃飯的時候，老佛爺喜歡跳上飯桌陪着我。他會很好奇地看看、嗅嗅我在吃甚麼。有合適的食物，讓他嚐嚐，不合適的，我就跟他說：「這是寶寶食的，不是貓貓食的。」他就明白，不再糾纏，安坐一旁相陪。其實吃甚麼不是最重要的，跟誰一起吃比較重要。如果對着語言無味頭腦主導的人，我會打瞌睡。有時邊看書邊吃，讓好作家的機智思維陪伴。有老佛爺陪吃，是歡喜不過的！

> *只有經歷過完全被接納，才能把自己分享出去，而不求任何回報。*
>
> *——盧雲神父*

40

設立界線
~~跟貓「講數」~~

話說老佛爺一見到我，喵的一聲，就領我去餵他吃飯，親手一口一口餵食。他常常在廁所門前守着我，見我一完事，就下命令。我總是乖乖聽從。「喵」的一聲有點惡，很有聲勢，是主子的氣焰。

久而久之，我感到委屈。因為老佛爺跟我很親，引發到心中一直存在的結。跟他親密到一個地步，對待他似是對待媽媽，總是討好，害怕被拒絕或責罵。當然，老佛爺比較小，又十分溫馴可愛，相處時，常常感到被愛。他總是對我很寬容的。因此，罵我時，益發顯得惡，我漸漸接受不了。終於有一晚，貓又罵我，我就跟佛爺「講數」。我把他抱到檯上，跟他直說：

「喂！你別常常罵我啊！你叫我餵，我總是餵你的，用不着罵得這麼兇吧！常常都罵，只是識得罵，我會自卑的啊！」小小的自己從前聽太多父母兄長小學老師的吆喝，聽得心都矮了一截。我這樣跟老佛爺說，也是小小的自己在向權威人物說出自己需要尊重。我很高興自己能這樣為自己說出來。

老佛爺是聽得懂的，他知道他過份了。之後，他就改掉了，很少再落命令地喵，更多是繞着我雙腳磨蹭，用小頭撞我的手，用撒嬌的方式摟人餵食。

知足意味着我跟我自己、我的原生家庭、我的命運和我的貓和平相處。

我就知道，老佛爺是很聰明的，能聽得懂人話。感謝老佛爺願意聆聽我、珍愛我。

其實小時候父母兄姊師長一定都是疼我的。他們也盡了力用他們已知的方式愛我了。人都是不完美的，人人心中都有破碎。接受了愛，也承繼到傷害。他們小時候也是這樣被罵慘了的。他們內心也有熟悉的驚恐，自然就找更弱小的對象，重現他們熟悉的模式。事情是要這樣發生的，就會這樣發生。但痛苦可以化為成長自己、追求真理的燃料。

真理使人自由。最重要的是停止在心中吆喝自己，不再唬嚇自己，溫柔地支持自己。把自己當成一個我疼愛的人去愛，或者把自己當成老佛爺那樣珍愛。尊重自己，懂得為自己定立界線。通過練習，自由是可能的。漸漸地，我越來越有自信，越來越站得穩。就可以歡迎一切事情發生，可以好好地過。

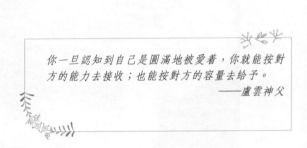

你一旦認知到自己是圓滿地被愛著，你就能按對方的能力去接收；也能按對方的容量去給予。
——盧雲神父

41

平安
~~貓和盆栽~~

　　有天，我忽然想把天台的灑金榕移進客廳，老佛爺想啃它。我對他柔聲地叮嚀：「老佛爺，你別咬啊！我不知道它對於你來說有沒有毒，還是別碰它好了。」之後老佛爺果然不碰。老佛爺真是一隻好乖的貓。

　　我查過家中有貓而不能養的植物。赫然發現，原來水種多時的黃金葛對貓來說是劇毒，幸好老佛爺從來不碰。為了安全，我還是把黃金葛放到高高的，他夠不到的櫃頂。

　　感謝老佛爺，你是這麼乖，所以我家每個角落都可以擺放盆栽。這樣，整間屋的能量很好，回家，隨便坐下來，都是享受。我喜歡躺沙發上，看窗櫺上掛着兩盆紫色的蘭花。旁邊就是楊楊以老佛爺作造型的剪紙；又或者看着老佛爺在虎耳草下舔毛毛。一起生活3年以來，老佛爺只打翻過一次小盆栽，我跟他說過，之後再沒有發生了！很多人養貓而忍痛放棄室內植物，他們該有多羨慕呢！

　　我不肯定香料對貓是否有毒，就把檸檬薄荷、九層塔、金不換高高吊在水龍頭上方，老佛爺夠不到。煮食時，我一伸手就能摘下來。這感覺十分惬意。

　　老佛爺小時候曾經攻擊過一盆蘭花，我笑了。他在天台也會咬

天生靈物悄
類虎身卻嬌
茸茸白毛滑
扁扁紅鼻小
閒閒青草綠
乖乖不攪擾
靜靜罕言妙
日光來相照

咬野草。有一次老佛爺舔聖誕花，我心有不安，連忙查看，發現原來是有毒的，急忙挪走。所以要傾聽心中的聲音。茉莉花也不可和貓共養，擱在天台高處。我也從來不插菊花，貓吃了，消化不來，會死的。

室內種了貓草，放在鹽燈旁邊，長得很好。老佛爺也不咬。

有些平安是淺淺的，不一定好；通常是一些膚淺的滿足，讓人忘記以仁愛為重心。有些不安反而是好的，會推動我改變，調整方向，帶來深邃的平安；例如那次見貓舔聖誕花的不安，就是很好的提醒。總之，生活中的日常，都聆聽心中美善的靈，那就平安了。

> I love cats because I enjoy my home; and little by little, they become its visible soul.
> ——Jean Cocteau
>
> 我愛貓，因我喜愛我的家；一點一滴地，貓成為家中看得見的靈魂。
> ——尚·考克多（法國詩人）

42

自處
~~引人注意~~

　　老佛爺知道怎樣引我注意。有時沉浸在閱讀中，忽略了他，他就會去攪垃圾桶。我一定會呱呱大叫，走去扶好，把膠袋封口，用夾夾住。

　　有時，他會靜靜地站在我身前很久，很安定的，也不叫。很叫人心疼，於是就丟開書，好好陪陪他。

　　有時，他站在床前，等我醒來。有時，乾脆跳上床看着我睡。叼來橙色蘿蔔公仔，扭人追逐。

　　行過時，他會伸出小手抓抓我的腳，一副挽留的神情。

　　很多時，他不打擾我。到我抬頭看看他，他才「喵」的一聲，彷彿在說：「你的事情告一段落了嗎？輪到我了嗎？我等了你好久了，快來看看我。」老佛爺真是很貼心很溫柔的好貓。

　　我有時，覺得老佛爺比我成熟、穩定、懂事、懂得為人着想。我被比了下去了！

　　家庭排行對人的影響真是很大。最小的我，內心有一個小女

孩，常常想曝光，享受被注視、被肯定的感覺，愛當主角。表現好，引人注目；碰壁了，有人救助，同樣是引人注意。佛洛依德說過一個嬰兒陛下的概念。心中的導演椅，由寵壞了的小女孩坐上去，主導的人生，很順心很暢快，但也多有失敗。痛苦推使人檢視自己。接受輔導、學習輔導，漸漸學習讓成人的自己坐上導演椅，平穩地導演自己的生活。

老佛爺很小，他是這麼的小，又可愛，真像幼小的自己。他是這麼乖巧，我真疼他。疼他，等如疼愛自己。疼自己疼得夠了，才能移開目光，看到別人的需要。其實很多人，即使已是成年人，有家室子女，其實仍然是由心中的小暴君主導生活的，或自卑或自我，總之弄出很多衝突。別人讚也好、批評指責也好，總之是曝光了，得到注意，感到被看見，才感到自己存在。

我接觸自己內心，跟學生談心，也能談到這樣深入的地步。我真誠地分享自己，他們也看到自己的脾性。有些很明顯是不願長大的，不懂自處，用壞脾氣操控人，以達成自己的心願。但他們見傷害到父母的心，都後悔了，漸漸能看到自己的問題。有的學生很坦率，坦然承認自己就像《千與千尋》中那碩大的嬰兒：自私、殘忍、恐怖。其實，好些公眾人物、歷史上的暴君、新聞中的主角，都是這樣。相比起來，老佛爺就可愛得多了。

習慣性的力量是很大的，總會有些時候，仍是想引人注意的。接受自己，安慰自己。是可以改變的。繼續覺察着心性模式，記起自己原本是很好的，無須尋求他人肯定，放下曝光的意欲，這就有一份成熟的自在。把曝光的機會刻意留給其他需要肯定的人。像星

挚爱的貓俘擄了我，經由他，被提升、感到崇高，更寬廣。

一樣，一直都在閃亮，人看見的時候便被看見，也不介意烏雲偶爾會遮蔽天空，那就行了。人來人往，即使沒人看見，那光芒總是不滅的。即或星星枯萎熄滅，它曾經閃耀過，在它的位置發過光，就很好。

老佛爺不用引人注意，本身就是閃亮的星星。他大部份時間都在睡，或舔毛、或看窗，又或靜靜守候着我。他很能自處，引人注意的時刻是很少的。

> 我發覺我所能提供最好的禮物，就是我本身對生活的喜樂、我內心的平安、寧靜和獨處。
>
> ——盧雲神父

43

無為
~~被動的藝術~~

　　從小我的性格很男仔頭，陽剛氣重，導致事業和婚姻不順。痛苦是很好的老師，讓人追求真理、成長自己。這要從多尊敬爸爸、停止批判開始修煉。接受一切事情的發生，不強求，放下自以為好的框框。多謝海寧格的教導，我把爸爸高高恭敬在心，他生我育我，是好高大的男人。感恩他為我做過的一切事，我就做回爸爸的小女兒。也很多謝聖經和傳統文化的教導。現在我很享受工作，是前所未有這麼成功的。一切由心造。我一直努力保守我的心，其中一項功課，就是要停一停，放下陽剛氣，學習陰柔之美，如水的卑下、無為、被動，遇圓則圓，遇方則方。

　　老佛爺教我無為、被動。他甚麼也不用做，自個兒坐着，或睡覺或舔毛，都是那麼悠然自在。他常在愛中，一無所缺。於是人就很自然被他純粹的存在而吸引、希望他舒服，自自然然走到去他面前，服侍他，幫他梳毛或按摩。

　　我是注定要輸給他的。有時一個人在家，感到無聊，就想抱抱貓，藉親密的感覺排遣空虛。老佛爺歡喜時，可以讓我抱住一會兒。他覺得夠了，就四隻小腳用力伸直，要逃離我的懷抱，我也只好讓他走，不好勉強。

漸漸，我也更注重有沒有勉強自己，着意給自己空間。工作一段時間就休息，小睡片刻，是一件事與另一件事之間的間隔。靜下來發呆，也是好的。不用逼自己那麼緊，保持好心情。脾氣好了，人也越來越喜歡親近我。在工作間，只是靜靜地坐着，也可以做很多事。自然會有學生來，閒談生活，短短一兩句，肯定他們的努力，提升他們的自信心。坐着坐着，又有學生來傾訴心事，多謝他們對我的信任，訴說心靈深處的痛楚，一生從未對人說起的傷口。我立時聆聽，有時一聽，就是3小時。所以平時的養精蓄銳，不要讓自己那麼累，很是重要。我能心平氣和接觸這些珍貴的生命，就更能讓他對自己多點接納。神氣清爽，輕安自在，自不用刻意捉住學生輔導，由他們主動來找我，事半功倍。《易經》蒙卦也是這樣教的，是蒙童求我，非我求蒙童。我無須主動。「無為」真是好用啊！

　　對貓也是如此。之前很想老佛爺陪我睡，硬要抱他上床，他又跳走。後來，我睡我的。睡了一會兒，他總會自動跳上床來，躺在我兩腳之間，被子窩了下去的位置舔毛毛。有時抱着我的腳就睡着了。我感到十分滿足。我甚麼也不用做，他自會主動來黏着我。我心中有愛，自然吸引他來愛我。我享受到被動的樂趣。默默地感受心中的暖意，感到被喜歡、被珍愛，掛着一個微笑入睡。

　　有時，老佛爺半夜跳上來，在我枕邊睡下。我感到毛毛的，癢癢的，他的觸鬚硬硬的，撩到我的面，醒一醒，心中甜一甜，摸摸他，又再睡。愛貓的人都不介意被貓打擾了睡眠，有時甚至很喜歡、很樂意。得到主子的寵幸，很快樂。有時老佛爺很快樂，站起身來繞個圈子，又猛然倒在我手臂上，舉起兩隻小手反了肚，瞇着

保持靜止，就會被指
引；甚麼也不做，自然
有股力量帶動，不作打
算，道路就呈現；不抓
取，卻被給予。

　　　　　——海寧格

眼睛笑着享受愛撫。我很快樂，因為是他主動地熱烈地表達出對我的喜歡與親暱。我還要好好學習做女人，學習陰柔之美，溫柔地靜靜地等待。這需要內心的強大，能自處，不抱怨，能清楚知道自己的價值。縱然有時會感覺到空虛，也能和負面情緒和睦共處。靜靜地覺察，呼吸。邀請聖母媽媽抱抱自己，過一會兒就會好的。甚麼都是無常的，甚麼都是會過去的。

而這幾年，我馴服上天的指引，要我去哪兒就去哪兒；要我養貓我便養貓；要我轉教會就再上慕道班，要我去學輔導、靈修營，也一一馴服。啊！很多很多好禮物陸續來到我生命中。

我只需被動地溫柔地欣喜接受，也成為更快樂的女人了！

> 是以聖人居無為之事，行不言之教，萬物作而弗始也，
> 為而弗志也，功成而弗居也。夫唯弗居，是以弗去。
> ——老子《道德經》

對自己溫柔
~~學貓善待自己~~

工作到一個段落，我讓自己躺在地板上，發現腰很累，搖擺盆骨，大休息。漸漸，覺察額頭，放鬆。覺察頸肩，放鬆。逐個身體進行掃描，漸漸整個人放鬆了，閉目養神，心神交感。小休廿分鐘後，神清氣爽，心情舒暢。

對自己越來越溫柔。這是老佛爺感染的。一直學習愛自己，已有進步；可是心中強逼自己的積習是很難改的，所以上天就派來補習老師，跟我一起生活，貼身幫我惡補愛自己的功課。老佛爺是最佳老師，常常示範怎樣溫柔地善待自己。他常常打盹小憩，啟發了我也多了放鬆自己。睡覺時身體側向一邊久了累了，也學他伸伸懶腰，放鬆一下身體，然後再睡。

吃飯時，飽了，有時為了不浪費，逼自己吃完所有食材。老佛爺才不會這樣，一飽，擰頭就走，十分的尊重自己。有次剩下一口珍貴的食物，不記得是挑了腸子的蝦還是三文魚蓉，他飽了，就走開了。累了，仍捨不得放下手頭的工作或娛樂，老佛爺卻不會這樣，追着逗貓棒跑幾趟，累了，就立即躺下來，繼而打瞌睡。我對自己的溫柔課，仍得好好學習。

溫柔的相反，是粗暴。粗暴地對待自己，是覺得自己不夠好，逼自己去符合某個條件。來這世間走一趟，就是學習無條件地愛自己。無須等到自己瘦了、更成功了、得到學位了、找到好工了才去愛自己。我可以學老佛爺，是這個樣子的，就愛自己這個模樣。

老佛爺平時輕而易舉地由椅子跳上書櫃，毫不費吹灰之力。最近變胖了，由椅子跳到書櫃時，夠不到，雙手抓住櫃邊，我連忙接住他腋下，單腳站着，用右大腿承托起他胖胖的小肚子。他借了力，就能爬上目的地。我忍着笑，不嘲笑他。他沒事人似的在書櫃優雅地踱步，又似得獎的香港小姐加冕之後優雅地繞場一圈，彷彿是説：「我是完美的。」再嬌美地躺下，享受我的撫摸。

　　我不忍嘲笑老佛爺。我這麼愛老佛爺，也可以這樣愛自己嗎？愛是一種態度，推己及人；不輕視自己、也盡量停止指責別人。我有時會問親人朋友：你快樂嗎？你會做甚麼事令自己愉快？你覺得我愛你嗎？你想我怎樣愛你，愛得更好一點？老佛爺根本用不着回應這些問題，他一直活在愛中。

　　在家，我喜歡躺下來，放空。單是看着老佛爺舔手手，甚麼也不用做，也是對自己的一種溫柔。

> 信心就是肯定地相信自己無條件地付出，會無條件地收回；但不一定要在你付出的人身上得到。
> ——盧雲神父

老佛爺對自己好溫柔，所以對吉祥也很溫柔：任他吃他的糧、睡他的窩，還幫他舔毛毛。吉祥很黏這個大哥，會在他身上踩奶。

45

團隊
~~合作捉甲由~~

老佛爺神情凝重，用力盯着廁所櫃子的邊緣。我很少見到他神情這麼認真，循他的視線看去，赫然發現一隻大甲由。我很害怕，期待老佛爺出手救我。他卻只是看着。我很心急，找來一隻拖鞋。老佛爺出手了，右前爪一伸，撥一撥牠，牠就逃到前方櫃底與地面之間的隙縫。老佛爺卻看向後方，反應真慢，又欠缺方向感。我猛叫：「這邊呀！老佛爺，這邊。」他笨笨的仍是背向目標。我只好出手，用拖鞋壓了甲由一下，怎知牠不死，逃了出來。這時，老佛爺知道正確方向了，敏捷地轉個身來，小手按住了甲由。我連忙叫好，找了紙包住丟掉。

我們合作保衛了家園。

我把過程告訴了Joni保姆，她說想像到那場面一定很好笑。我告訴學生，她們都聽得很開心。

然後我用濕紙巾幫老佛爺擦擦手腳。他可不願意呢！不行，不願他就這樣舔手手。也許，貓貓的口水已足以消毒，但我就是怕髒。

感謝老佛爺陪我作伴，和我在一起，合作辦了一件事。他是我的伙伴啊！我很感謝我工作的老闆、校長、同事，我們是一個團隊。有很多人在背後做了很多工作，我才可以施施然行入班房教學。兩位保姆也是我的團隊，一起用心照顧老佛爺。這本書得以出版，多謝天地圖書的編輯Elsa和Yan，以及天地上上下下所有員工。

我很多謝老佛爺，雖是笨笨的伙伴，但我就是愛這樣的他。

None of us, including me, ever do great things. But we can all do small things, with great love, and together we can do something wonderful.

——*Mother Teresa*

沒有任何人，包括我自己，做過甚麼大事。我們能夠做些小事，以大愛一起做，就能做出非同尋常的事。

——*德蘭修女*

46

潛意識
~~老佛爺入夢~~

養老佛爺的第一年，第一次做夢見到他：我坐在雙層巴士的樓上，車停在一幢樓房旁邊，對着閣樓的窗戶。那兒養了一籠子的企鵝，後來又變成白鴿。我覺得牠們很美麗，忽然，老佛爺入了這籠子，悠閒地慢慢踱步，好奇地看着。他一如平常的表情，一臉嚴肅。他走到哪兒，鴿子自然讓開，但也未見太驚惶。

我很為那些鴿子擔心，怕老佛爺會傷害到牠們。我希望鴿子的主人能開窗，放鴿子飛出去。另一方面，我要找路，接回老佛爺。我不想他殺戮。

另一次老佛爺入夢，是我去參加靜修營。很奇怪，禪修者可以帶寵物入去，我自然帶了老佛爺同去。大廳坐了幾列的人，大家都安安靜靜的觀察身心。我在一位同修旁邊坐好，膝上蓋了大毛巾；心情平靜，帶點沉悶。這時，老佛爺走入大廳，我很開心他來了，他很自然地走到我身前，一如平常爬上我的膝蓋，窩在毛巾上，舒服躺着睡覺。我感到很溫馨、很快樂。在夢中我很逼真地目睹他優雅的貓步、緩慢的速度，連他身體的重量，爬上我大腿的姿態，都一如往常。在夢中，我很感恩主辦單位這麼開明，容許禪修者把寵物也帶來，也不怕打擾到參與者，反正甚麼生起，便觀察甚麼。我的貓很乖很靜，當然不會造成滋擾。

休息時間，我和貓去了茶水間。忽然，來了一隻大狗，我趕緊把老佛爺抱在懷中，覺察到心中的緊張。但我知道一定會平安的。狗的主人也是很老練的禪修者，好好地看管着，那狗體型雖大，但很善良。

夢，是潛意識的一扇窗口。老佛爺跟我朝夕相對，不單在日常生活中給我很多療癒，更進到我心靈深處，給我慰藉和溫暖。老佛爺真是我的天使啊！

第一個夢，那幢樓房，代表我的思想體系，我看到了蒙塵的一角。那些鴿子像是一些久被囚禁的信念，需要被見到、檢視、衝擊、保護或放飛。渴望飛翔。我需要一些外力，加以推動，打開出口。之後我報讀了牧靈輔導課程。

牧靈輔導的祖師Boisen，生於1876年。那是一個抑壓性慾的年代。Boisen小時候探索自己的性器官，媽媽大為緊張，帶了他去割包皮。再加上父親出軌、早逝，Boisen心靈受到創傷。他長大後成為牧師。他經歷過幾次精神崩潰，最長一次住院15個月。有次他試圖閹割自己，被送入院。很明顯，他是一個忠誠的孩子，忠於媽媽，幼小的他認定媽媽不喜歡的性器官，潛意識要完成切割。

Boisen在醫院中卻得不到適當的護理及診治。那時佛洛依德的心理學說剛推出，Boisen閱讀其作品，自己醫好自己。自此，他積極推動佛洛依德的心理分析輔導療法，認為所有牧者，都得有基本輔導技巧知識，要能夠聆聽受助者，幫他們在自身的故事中找到連繫。輔導員需學習檢視內在，不住放下自己，不帶任何條件或前設，全心全意地聆聽對方，予以最大的尊重。

Boisen教導弟子，他的弟子教了我師公Raymond Lawrence，Raymand教了何桂萍修女。何修女教了杜敏萍老師。1960年代，何修女照顧醫院中的臨終病人，但覺理念、配套都不足。她一怒之下，率先去外國讀牧靈輔導，回港開展了培訓的工作。現在香港很多醫院都有院牧。前年何修女又再開班培訓督導，捉了我去讀。捉得好！Raymond師公也來港教過兩晚工作坊，他說：「不要跟受導者祈禱。就算是對方主動請你為他祈禱，也要請他寫下禱文的內容。」啊？沒聽錯啊！給我很大啟發。慢慢我就明白，這是對我，也是對他人的釋放。別讓一些屬靈字眼抑壓了感受、限制了想法，而是真的聽進別人心坎裏去。咦？原來我不知不覺，就跟了佛洛依德一脈。我讀完一期，又再報讀，探索內在是刺激驚險的旅程，一定有眼淚，但也可以放下許多不再合適的心性模式。

有一次，我交的牧靈輔導功課，是匯報我和老佛爺的關係。我在他身上見到誰？媽媽和我自己。越和老佛爺相處，越發現自己童年已形成的心性模式，知道苦都是自招的，自己可以重新選擇。學輔導的過程，同時接受輔導。

佛洛依德發現了夢、潛意識，很了不起。後人大多對他太着重以性為動機而遭到詬病，另外發展其他理論。但其實他及他的門人是最先開發心理輔導的過程和元素，發展出輔導員的道德操守指引。心理分析學派的人不乏追求真相的人，遇到新的理論，就會吸取更好的點子，融入在自己的輔導藝術之中。一個採納心理分析的輔導員，同時也可以喜歡家庭重塑、完形治療及藝術療法。我自己就很喜歡沙維雅和阿德勒。

靜下心來沉思，謙恭有耐心，可能有令人驚異
和全神貫注的狀態，漸漸被引領到核心。
——海寧格

現在我開始欣賞佛洛依德。他說：「我所做的，不過是聆聽，並找到關聯。」我先要學去聆聽自己，發現內在。

我看到自己很易討好。討好老佛爺，是很快樂的一件事，但也建立與他的界線，例如跟他「講數」、只讓他睡枕邊、我吃完才餵他，練習尊重自己。而老佛爺也示範給我知道，怎樣活得自在，怎樣表裏一致地討好、討好自己。第二個夢，顯示了在追尋真理的路上，不住的覺察賦予我自信，即使遇到負面情緒，也不抗拒、觀察它、任它穿透。老佛爺的陪伴也予以慰藉。

夢裏夢外，老佛爺都幫我療癒。

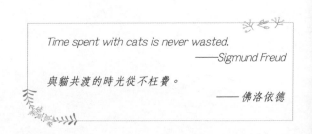

Time spent with cats is never wasted.
　　　　　　　　　　　　——*Sigmund Freud*

與貓共渡的時光從不枉費。

　　　　　　　　　　　　—— 佛洛依德

忠於自己
~~林黛玉與貓~~

越想越覺得林黛玉像貓。

首先，她是香的。意綿綿靜日玉生香。一天，寶玉午後去看黛玉，拿着黛玉的衣袖，湊在袖口聞她的香氣。寶玉恐她睡覺多了影響健康，就跟她說笑，拿她編香玉，即香芋的故事：節期近了，老鼠王國的大王要湊各種食品過節。這鼠得令去搬米，那鼠得令去搬豆。芋頭又大又圓，重甸甸的不好搬。偏偏最瘦小最力弱的一個老鼠精請令要去搬香芋。大王驚奇，問他打算怎麼辦呢？小老鼠精就說：「我用法術把自己也變成一個香芋，隱身在芋堆當中，再用分身法把香芋弄走。」大王就讓他示範。怎料他搖身一變，變成一位極美麗的小姐。大王說他變錯了。小老鼠精說：「大王，你不知道，真正的香芋，是榮國府中的林家小姐呢！」黛玉被戲弄了，要撕寶玉的嘴。這不是很像人跟貓的親密嗎？人愛極貓，會聞他臭臭的小肉掌，且覺得很香；愛極了，拿他編故事。貓和人歡喜地玩耍，愛極主人，會抓抓他，咬咬他。寶玉和黛玉，活像兩隻可愛的小貓，在無事的午後，靜靜地躺在床上說說笑話，或扭打，悠閒地共渡了好時光。

黛玉初進榮國府時，小心翼翼，唯恐錯了禮數。那是她進了新環境，壓力太大，着緊要給人留下好印象，面試似的。住久了，

自然鬆懈，流露真性情。她其實像貓，性情高傲，極度敏感。人家送各個姊妹宮花，僕婦順路先送到各家，差不多最後才送到她的住處，她就惱了，冷笑道：「我就知道，別人不挑剩下的也不給我。」這是她不可愛的地方，但是她敢發作出來，沒有計算。當然，弄到僕婦很尷尬，嚇得不敢張聲。寶玉總是愛她的，也善待下人，為她打圓場。黛玉就像一隻弱小的貓，有時會搞破壞，不高興時就攻擊人，但都不會真的要傷到誰。她需要有人包容她、善待她，明白她的苦衷，給她安慰。就像一隻貓，其實很需要人的寬容與憐愛。寶玉能了解她，真心愛她。賈母自然是寵愛她的，但跟寵愛一隻貓差不多，一切以家族利益行先。顯然，賈母看體弱多病的黛玉不適合當孫媳婦，寶玉在皇宮內當貴妃的姊姊也認為黛玉不適合，黛玉就只能像一隻可憐的小貓，徒有靈性與才情，也有真心相愛的戀人；卻只能等待被人擺佈的命運。

當然，命運是人的性格形成的。黛玉這樣的女孩，不攻心計，順心做自己，是很蝕底的。不似那能被高度社會化的寶釵：端莊、好脾氣、怒而能忍，面面俱到、常用小恩小惠廣結善緣。下人人心自然傾向她，賈母喜歡她，皇妃也喜歡。她明明讀過當時的禁書《西廂記》，卻不似寶玉黛玉般能沉醉於詩意的美境中，卻像大人一樣禁止他人在心中默存，家族利益行先，不讓自己感受真正的感受。賈母愛吃甚麼，愛聽甚麼戲，她都一一記在心中，為她點甜爛之物、熱鬧的戲。她健壯、美麗、懂得為人着想，所以任是無情亦動人。寶釵偶爾也玩玩。可是一撲蝶，不小心偷聽到丫頭的秘密，就嫁禍給黛玉，自己全身而退，還暗暗好笑。

黛玉從未勸過寶玉讀八股、建功立業。寶玉讚她從不會說這些混帳話。黛玉愛寶玉，也像人愛貓一樣，讓他做回他自己。有次寶

貓很忠於自己，不快，便露出不爽的神情。

釵一勸他想想仕途之事，寶玉咳的一聲拿起腳就走了，不愛聽，也不給她臉子，像貓一樣。湘雲也提過這個話題，寶玉雖未至於拂袖而去，但也強烈表達了不滿，認定只有黛玉是他知心；說：「林姑娘從來說過這些混帳話不曾？若她也說過這些混帳話，我早和她生分了。」

當然，寶玉也有氣惱的時候。有次他去探望寶釵，晚了去黛玉處迎接湘雲。黛玉感到備受冷落，冷笑說：「我說呢，虧在那裏絆住了，不然早就飛來了。」寶玉也向黛玉投訴：「只許同你玩，替你解悶兒？不過偶爾去她那裏一趟，就說這話。」黛玉惱怒還擊：「好沒意思的話，去不去管我甚麼事？我又沒叫你替我解悶！還許你從此不理我呢！」其實黛玉愛煞寶玉，寶玉也深愛黛玉，兩個心裏都很焦急，急於得到對方的肯定，也急於向對方證明自己。親密才會吵架呢！他們都很真率地呈現自己，像兩隻可愛小貓惱了，彼此攻擊一下，過一會，就沒事兒了。

黛玉吃東西很少，像貓兒食。點心送到眼前，只挑喜歡的一兩件吃便夠了。劉姥姥參觀大觀園，甚麼都精緻，甚麼都嚐嚐。姥姥走後，黛玉一面笑的兩手捧着胸口，一面對擅長畫畫的惜春說：「別的草蟲不畫罷了，昨日『母蝗蟲』不畫上，豈不缺了典！你快畫罷！我連題跋都有了，起個名字，就叫作《攜蝗大嚼圖》。」黛玉平時懶吃飯、懶應酬，喜散不喜聚，但一到想說笑的時候，伶牙俐齒，尖利無匹。就像貓兒，平時慵懶，但一搞笑，笑死人沒命賠。

黛玉深得貓兒精髓，所以能在聯句時，隨口就唸出「錦罽暖親貓」的詩句。

貓有時會送上禮物，表示愛意。寶玉一向有甚麼好吃的、好看的、好玩的，都先送給黛玉。黛玉還不一定稀罕呢！像貓一樣，一不喜歡扭頭就走。北靜王贈給寶玉的珠子，是皇帝親賜的鶺鴒香唸珠，寶玉轉贈黛玉，黛玉擲回給他：「甚麼臭男人拿過的！我不要！」皇帝、親王有尊貴身份和權力的也是臭男人？想來也真的是，不知流過多少無辜人的血呢！黛玉真有傲骨，她心中對成功，自有她自己的定義。換了羨慕權位財富的人，還不喜孜孜地收下嗎？

　　有次寶玉有難了，做官的父親快要從地方回家，他發現一直愛玩，要背的書多少記了些，可是習字太少，難以搪塞。這時，丫鬟送來娟秀的小字，有點像他字跡的。原來是黛玉一直幫他設想着，平時為他積下所要練的字。其他姊妹也有幫他臨陣磨槍的，但以黛玉最有他心。

　　有次寶玉被燙傷了臉，黛玉探望，愛潔的她竟要看看寶玉的傷口。這是愛，忘了自己。寶玉知她愛潔，一定不讓她看，這也是愛。

　　有次寶玉為了一位優伶被父親毒打，傷得很重。黛玉來看他，為他一直哭，一直哭。其他人也來探望，快到門口了，黛玉立即要從後門走，寶玉一把拉住，黛玉指着自己雙眼說：「你瞧瞧我的眼睛，他們又該拿咱們取笑了！」這個「咱們」相對於「他們」，是多麼的親暱。黛玉像貓一樣，只有認定了的人，才能見到其真心的一面，甚至是脆弱的一面。

黛玉的影子是美麗的晴雯，她「身為下賤，心比天高。風流靈考招人怨。」晴雯更野，更像貓。她狠狠責罵犯錯的小丫頭，旁人為之側目；她眉眼有些像黛玉，相當美麗，自然招人妒忌。寶玉極愛這個丫鬟。如果寶玉娶了黛玉為妻，以晴雯為妾，他一定會很快樂。但是大人不會容許，他們要他娶知大體的寶釵為妻，寶釵的影子襲人為妾。襲人是忠僕，也面面俱圓，深得賈母、王夫人信任；對寶玉服侍周到。她很想幫寶玉融入家族要求中，對他有一定操控，不能讓寶玉做回他自己。她和寶釵比較像馴服的狗狗。

最後當然寶釵最得人心，登上寶二奶奶的座位。大人當然不會屬意像貓的黛玉做寶玉的妻子。她如果是曹丕，黛玉就是曹植了吧！寶玉最後娶的一定是這個骨子裏注定要跟他生分的建制支持者。縱使舉案齊眉，到底意難平。最後黛玉死，寶玉遺棄妻子，出家去了。

薛寶釵狗性兒學不得的。同樣，林黛玉貓性兒也學不得的。好的學，不好的不要學。我刻意避免太多的貓性，尤其是不好的那些面；也着意要學點寶釵多為人着想的好性兒，好歹讓人家見到我有狗性兒，能與建制有良好關係，安居樂業，保持健康，然後再在可行的空間中，盡情發揮我的貓性。

寶玉有次去寧國府玩，睏了求睡，原本給他預備的房間有正氣凜然的「世事洞明皆學問，人情練達即文章」的對聯，他不悅。可見寶玉性子也偏向似貓，不願意被社會同化，沒有了自己。寶玉改去姪媳婦秦可卿房中去睡，那房十分香艷精緻，連神仙都可住得的。她吩咐婢女小心貓兒狗兒打架，勿嘈吵到寶玉安睡。三家

評本重複了這句「貓兒打架」，語氣曖昧。寶玉夢中去了仙界，再與兼具寶釵和黛玉之美的仙女兼美結合。兼美卻是秦可卿的小字。貓性和狗性兼具，也真是兼美了。暢銷書《愛撒嬌的女人》教女人自愛、愛人、成長自己，勿做口賤的女人，德行要好，能為另一半着想，鼓勵男人，造就丈夫的成功。我看着看着，教人學做人，覺得很好。唯獨是有一篇，叫人別娶像貓的女人，要選像狗一樣的女人。賈母、王夫人一定很贊同。可是，我覺得作者誤會貓了，貓是很溫柔、體貼、忠心的。過份擁護建制的人欠缺了些輕靈的貓兒氣，壓制人心，不讓人有做自己的空間，只會促使人離心。人都走了，寶釵只有守活寡。像狗的人是好的，像貓的人也可以很好；只是別太過了。

黛玉是極乾淨的，像貓般愛乾淨；一生清清白白，以處子之身而死。她是富有靈性的，像貓一樣富有靈性，並真實地活過。

縱使被人說壞話、被討厭，也沒甚麼好在意的，因為「對方如何看你」，那是對方的課題。

——阿德勒（個體心理學創始人）

48

寬厚
~~林語堂與貓~~

在網上看到林語堂養過貓的一則報道。那是一隻白色波斯貓，藍眼睛，漂亮活潑。有次，小貓爬上了路邊的大樹，林語堂喚牠。貓嘛，當然越叫越不來。林語堂擔心小貓走失，一直坐在樹下，邊看書邊等。

朋友經過，問他在做甚麼？他指指樹上的小貓，笑道：「我在等公主回家。」朋友大笑道：「大師也有無奈的時候啊！」林語堂攤攤手：「沒辦法，我就是拿她沒辦法。」三小時之後，公主終於玩累了，從樹上下來了。林語堂一見，高興極了，抱起小貓回家。

我未能求證故事的真假，但我相信很有可能是真的。因為林認為文化是空閒的產物。所以文化的藝術就是悠閒的藝術；凡是用智慧來享受悠閒的人，便是受教化最深的人。勞碌和智慧似乎是相左的，智慧的人決不勞碌，過於勞碌的人決不智慧。善於優遊歲月的人才是真正有智慧的。

感謝他對文化的洞見，喜歡他流麗的文字。他的一篇小品文〈秋天的況味〉，很自然地呈現了他對生活藝術的睿智：「秋天的黃昏，一人獨坐在沙發上抽煙，看煙頭白灰之下露出紅光，微微透露出暖氣，心頭的情緒便跟着那藍煙繚繞而上，一樣的輕鬆，一樣的自由。」

他是這麼的悠閒，可見他能在樹下耐心等候一隻小貓，不焦躁，不操控；大師有的是胸襟，由得貓做回牠自己。貓是悠閒的，跟這有智慧有幽默感的文化大師十分合襯。

他對生活有獨到的美感，喜歡古老、熏黃、熟練的事物，如一隻熏黑的陶鍋在烘爐上用慢火燉豬肉時所發出的鍋中徐吟的聲調、一本用過二十年而尚未破爛的字典、一張了半世的書桌、街上一塊熏黑了老氣橫秋的招牌、書法大家蒼勁雄深的筆跡，都令他快樂。那麼貓兒呢？

林語堂曾說：「我要有能做我自己的自由，和敢做我自己的膽量。」這句話，貓一早已實踐了。他這麼幽默，這麼豁達，仁厚與慈愛，一定喜歡貓啦！

他離世前的一段日子，身子不大好，在女兒林太乙家中住。年近歲晚，女兒推輪椅和他逛逛百貨公司，他看到美麗的飾品，眼淚盈眶。她明白父親的深情，對美的欣賞和留戀。

一晚，他不慎跌倒，竟不叫喚，任自己在冰冷僵硬的地板上躺了一夜。第二天早上，女兒這才發現，當然又心酸又心痛，問他為甚麼不出聲？老人家回答：「你們第二天一早就要起來上班。就讓你們好好睡一覺吧！」他不忍打擾家人休息，處處為家人着想。很多年前，我讀到這段時，忍不住哭了。這麼仁厚的好人，這麼溫柔，盡他生命最後的氣力，盡情地愛。不知他躺在地上時，感受到甚麼的感受？可會回憶起在樹底下，在陽光中，也是耐心的等待過一隻他喚作「公主」的白貓？

他說過：「蘇東坡已死，他的名字只是一個記憶。但是他留給

我們的，是他那心靈的喜悅，是他那思想的快樂，這才是萬古不朽
的。」這句説話，用在他自己身上，同樣適用。

Let us come alive to the splendor that is all around us, and
see the beauty in ordinary things.

——Fr.Thomas Merton

讓我們以生命氣息，進入環繞我們的光輝，看到在平凡
的事物裏頭蘊含的美麗。

——牟頓神父

49

天使就在身邊
~~其他感人至深的貓故事~~

在圖書館借了*Angel Cats*，作者Allen & Linda Anderson收錄了很多振奮人心的貓故事。我看第一篇來自美國德撒斯的貓故事，就已經哭了。

Donna是貓義工，在家中幫愛護動物協會養一些剛出生就被遺棄的小奶貓，等人來領養。Donna自己已養了兩條狗和一隻大波斯貓Abbie，牠地盤意識很強，討厭任何其他雄性的貓。Donna家中有一度高高的閘，分隔了育嬰區。Abbie也從不對小貓表示興趣，不理牠們。

有天Donna父母發現了一隻只有一隻右眼、呼吸困難、不良於行的初生小貓，非常瘦弱，但是一見到人就立即熱情地打呼嚕。Donna帶牠去檢驗，醫生說牠左邊發育不全，可能腦有缺陷，所以行動不便，應該很難熬得過一歲。Donna帶回家，用針筒餵食，隔幾天就得帶牠去治療呼吸道的問題。她家中育有其他出生四週的小奶貓，年紀跟牠一樣，體型比牠大一倍，可見牠真的非常瘦弱。Donna很傷心，沒有信心能夠養大牠，所以不願幫牠改名，希望保護自己，免得投放太多感情，到牠死時，可以不那麼傷心。

奇怪的事情發生了。從不踏足育貓所的Abbie，奮力一跳，直接走到這小殘貓身前，輕輕含住，把牠放Donna床上，舔牠、愛

牠。Abbie的意思很明顯了：「我們不要放棄，我們要救活牠。」每次她把小殘貓放回去育嬰室，Abbie一定把牠帶回來。Donna非常感動。

Donna定期帶牠診治，也聽取醫護人員的意見，用心照顧，也幫牠做了手術。小貓的呼吸問題漸漸穩定下來，試過整月都不用去診治。Donna終於給牠起名叫Lucky。這名字蘊含許多的感恩。幸好Lucky腦部發育完好，行走無礙，後來體重16磅，非常健壯。

Donna是聾童教師，她把Lucky帶回學校幫助她工作。Lucky一入課室的時候，如果學生不注意牠，牠就會大大地喵叫一聲，又或者直接跳到學生膝上。同學都愛牠。寫作課時紛紛寫牠。

本來欠缺語彙的小女孩，回到家裏，使勁地描述Lucky的種種可愛，Donna和她父母都很感動。Lucky是一個好助教，推動學生學習說話和寫作能力。老佛爺也是成功的小助教啊！

更重要的是，Lucky是殘缺的貓，只有一隻眼睛，但仍能快樂地生活、仍能愛人，給人溫暖。小女孩寫道：「牠只有一隻眼睛，但牠很好。爸爸，牠與別不同，就像我一樣。」Lucky教曉了女孩發現自己是獨特的，她是好的。這是多麼的療癒！看到這兒，我流下了歡喜與感動的眼淚。這個故事在網絡上也得了獎。

Donna也帶Lucky去醫院鼓勵病人，牠躺到他們的床上，感受人們的愛。有位女病人推着輪椅追着要看牠：「噢！天啊！牠的情況比我們嚴重得多。」Donna認為Lucky來這世界，是一個奇蹟，是要教人接受彼此之間的差異，啟迪人勿讓不幸或障礙阻擋，依然活出輝燦美滿的人生。

在宗教中發現平安，
接受指引，相信更偉
大的力量在運作，信
心就自自然然地產
生。

Lucky得到2000年國家寵物治癒大獎，報紙、雜誌、書籍報道了牠的故事，牠獨特的模樣且成了日曆的彩圖呢！

此書還說了有人跳樓，貓奮不顧身追着主人，想阻止他自盡，更隨他由10樓墜下。那人死了，貓兒沒死，四肢受傷要包紮。是的，貓愛人，是可以去到捨己的地步的。老佛爺讓我明白了這點。

另外在阿拉斯加，KittyBaby機警地擋路，推女主人Nancy走另一個方向。後來，她發現有熊在她家後園找食物，是貓救了她一命。真的好險！每當她駕車回家，KittyBaby如果現身帶路，即是附近沒有熊出沒，她才安心下車。一人一貓有了默契。貓真的好啊！

第二次世界大戰時，在匈牙利，一位19歲的媽媽誕下女兒Renie後，兩週就死了。她養了一隻叫Paprika的貓，深橙色條紋，黃眼睛。牠代替了她給女兒擁抱、溫暖，讓Renie跟媽媽有情感的聯繫。Reine抱着貓，可以抱很久。即使在防空洞中，頭頂戰機橫飛，Paprika在她懷中很平靜，給她很大的安慰。

後來她一家被蘇聯士兵發現了。那士兵見到Reine抱着貓，想到自己的小女兒也養了一隻類似的貓，動了慈心。他照顧了這家人幾個月，臨走時，送了一個東正教的十字架給Reine。跟她說：「上主會保佑你的。」

我彷彿看到天上往往有一隻大手，在人有需要之前，早賜給人活生生毛茸茸的天使貓了。Paprika死的時候19歲，陪了Renie九年，與她母親在世的年歲一樣。

感謝Anderson夫婦收錄了這麼好、這麼有深度的故事。他們

膝下有Speedy Anderson和Cuddles Anderson兩隻小貓。他們經營了www.angelanimals.com這網站，想分享動物的神奇力量：擁有第六感和直覺、無條件的愛能令最傷心的人再展笑靨、傳遞神聖的信息、醫治和帶來溫暖，動物且在夢中出現帶來療癒。網站還有狗和馬的美麗故事呢！儘管動物會離世，但只要把他們的故事說下去，他們的光輝和愛，仍能照亮和溫暖人心。

感謝天地圖書的好品味，讓這本書可以出版發行。老佛爺的故事，我還會說下去啊！

Until one has loved an animal, a part of one's soul remains unawakened.

—Anatole France

除非人能愛一隻動物，否則他某部份的靈魂仍然沉睡未醒。

——安那托爾·佛朗士
（法國小說家，1921年諾貝爾文學獎得主）

50
信心
~~對上天、自己和貓的信任~~

老佛爺來到我身邊，是充當我的小老師的。

首先，老佛爺教了我對上主的信心。他小時候見不到我吃不下飯，瘦弱到險些死去。我焦急等候，不斷祈禱，終能認養他，與他一生一世。這經歷加強了信德。我感恩一切安排，欣然馴服接受。

第二種信心，是老佛爺不會撇下我。初養老佛爺的時候，有次經過一片小小的田，一位老婆婆在收割，她的貓在她身旁看着她。我很奇怪，不怕貓會走失的嗎？不用縛嗎？老婆婆真的一點都不擔心。那貓站得筆直地守望着她，一副忠心耿耿的模樣。我很驚喜，卻因為害怕失去老佛爺，不敢試。

老佛爺還很小的時候，試過偷走。我關門已經很小心的了。拿着一桶洗好的衣服去晾。回家時，覺得有點不妥，發現少了甚麼似的。果然！貓不見了。嚇得我心也離了，趕緊出門找。唏！原來他在十多步開外坐定定等我找回。我數說了他一頓，監禁了他一個小時。

過了一天，他又走了一次，那是晚上，我嚇得更是厲害，但立即帶了大毛巾、電筒去找。他又是在十步之外坐定定等着我找回。我抱他回家，繼續監禁。

之後老佛爺再沒走失過。聽秋哥說，他更小的時候，咖啡店有次沒關大門，他和Jomi都站在店門，兩隻貓好奇地往街上張望，但是大家都不敢走出去。貓，其實是很膽小的。我就知道，老佛爺不過是嚇唬我跟我玩玩罷了。我就知道，他是捨不得我的。家門口放了一塊板，防他逃走。其實他只要輕輕一躍，就可以跳過。我開門、放下細軟、脫鞋、關門，都慢吞吞的。他要走，早走得無影無蹤了。他一聽到我回家，就熱烈地大聲地叫，表示歡迎，走出來看着我入屋，順便利用鐵閘磨磨爪，然後躺在地上露出肚肚要摸摸，又擋着門叫我難以關上。這都是他發明出來歡迎我回家的儀式。我只好用腳慢慢把他撥進屋子，慢慢關上門，從來沒有夾到過他的小爪子。

　　起初一出街，我都好緊張，怕他逃走。一定放籠子內或縛上帶子。但是，漸漸，我和老佛爺彼此之間解立出一份信心，抱他落樓跟鄰居打招呼，或抱他過對面屋串串門子，都不用袋子或繩子了，簡簡單單用手抱住就可以了，他不跑的。外出時，他特別溫馴，抱在手裏很久都可以。因為在外面的世界有不安，在我的懷抱中是最安全的。試過在動物醫院門外候診時，一隻家貓聽到她主人稱讚老佛爺，十分惱怒，對老佛爺瞪大眼睛露出尖尖的牙齒，惡魔似的恐嚇；我家佛爺不知道是反應遲鈍呢還是對我充滿信心，完全不為所動，毫不害怕，也毫無反應。反而是我很緊張，趕緊抱他離惡貓遠一點。那街坊很奇怪，說她的貓平時是很溫馴的。我說：「她感受到你對另一隻貓有好感，妒忌了、害怕了。因為你是她的，牠怕失去地盤。」老佛爺不用擔心會失去我或我的寵愛。

　　我帶他乘船，在碼頭等候的時候，或在茶餐廳吃早餐，或在教堂敬拜，他坐在我身旁，沒縛繩，也不怕他走掉。途人行過見到都感到驚訝，看着他都很歡喜；有人過來摸摸他。

我信賴上天指引。

老佛爺小時候，試試讓他上天台吹吹風曬曬太陽，起初很緊張，怕他飛簷走壁，全程都盯着他。要不要加蘭花網圍住四周呢？結果不用，他不跳上樹，也不跳上矮牆。有次做園藝做得很投入，後來發現不見了他，我很緊張，回室內找也沒有，再返回天台，原來他躲在四季花下睡覺。我就知道是自己嚇自己。關心則亂。不過為謹慎起見，還是為他植入了晶片，以防萬一。

第三種信心，是他不會咬傷我的。

初識老佛爺時，在咖啡店跟他一起午睡。他很小，但他向我行近，小小的貓頭越來越大，貼近我的面。我從未跟一隻動物靠得這麼近。從前看動物紀錄片，貓科動物襲擊獵物時會咬喉嚨，一擊即中。吓？他會不會來咬我喉嚨呢？有點害怕。但我直覺相信老佛爺是很友善的，不會傷害我的。於是我就放鬆心情，看看他到底想怎樣。果然，他來只是把小頭猛地撞我，又把眼淚口水揩在我面上以示親熱而已；然後躺下來，很放心地和我一起睡覺。是老佛爺教曉我親近大自然的！我對動物多了認識，也更有信心。

餵貓時，我本來都是放碗中讓他自己吃。後來他喜歡我親手餵，這是他維繫感情的方式。之前用小匙、用筷子餵過，但都不及用手餵食方便。他會分辨出哪些是食物，哪只是我的手指。就算一不小心偶爾咬多了，他也不會咬傷我，從未試過因餵食流血。偶爾咬痛了我，我會向他撒嬌，他就舔舔我被咬痛的手指頭，以作補償。不過有時他太沉浸在美食之中，也不理了，我撒嬌失敗，只好繼續餵食。

跟老佛爺遊戲時，我的手有時也權充獵物的角色。他躺下來，四隻腳向上伸，像一張反轉了的檯。我拉長袖子，覆蓋了手背，就開始跟他進行拳擊比賽。他四隻手腳一起狂抓，抓住了，咬一口。

有時有少少痛。但他咬下來的時候，是有分寸的，從沒咬傷過我。總之，老佛爺是很溫馴很可愛的貓。同他一起玩，是很安全的。這份信任，是他教曉我的。

老佛爺也教了我快樂。上天派老佛爺來，是來教我可以輕鬆得到快樂。這位小老師脾氣好、誇張、幽默、充滿童心、常常放鬆、自信自在，貼身教我快樂；這都是在學校從未學到過的科目。

近天亮的時候，老佛爺總是自己主動走過來，一倒頭，睡在我的枕邊。小小的頭就是挨得這麼近，面部感受到毛茸茸的質感，耳朵聽到強勁的鼻鼾聲。他整個身體拉得長長的，肚子貼住我整個手臂，睡得很沉。為了不打擾他，我寧願不動，不更改自己的睡姿。有少少捨己，更有許許多多的疼愛。有機會付出愛，很幸福。

快樂是很簡單的，只要容許自己快樂。

貓就好像快樂，自己要來便來，毫無緣故。我甚麼都不用做，就快樂地開始一天。

他走開，也由他。所以貓兒也像天氣。分離，是為了下一次的相聚。

老佛爺也教我愛。

我會痴痴地望着我的貓，良久，良久。甚麼也不用做，只是看着他扁扁的臉、大大的眼睛、扁扁的鼻、小小的粉紅色的嘴；已然很放鬆、很開心。

貓並沒有被我看到不耐煩，或者像書上說的會引起敵意。老佛爺是世界上最好最溫馴的貓。他很愛我，常常陪伴我左右，也常常看着我。練書法時，他靜靜坐在書桌邊。我煮飯時，他站在我

腳邊，抬起頭看着我。我有時柔聲地告訴他：「是啊！寶寶煮雞肉給你吃啊！很熱啊，等等。」浸浴時，貓也入來浴室看我。我很欣喜，跟他說：「有水啊！」甚至上廁所時，他也來到我腳邊。我笑問：「便便啊！不臭的嗎？」

我被深深地注視。都被看得不好意思了，他還要再看。是嗎？我真的這麼好看嗎？不是啦！吓？你覺得我美麗？堅持說我美麗？嘩！自信心冒升。從前不敢相信自己美麗。有一雙目光，深愛我，常常看着我。我就信了。

「我喜歡看着你。」

我感到療癒。爸爸媽媽一定一定非常喜歡我，深情地痴痴地望住我。良久，良久。只是從前未敢相信。

我明白天父的目光，是多麼的慈愛、深情地注視着我的一切。我學習用祂的目光來看自己。更相信自己，即使有負面情緒升起，也能和它和平共處。堅定相信自己已然深深地被愛。

感謝上主賜下老佛爺，來到我身邊陪伴我，手把手地教曉我重要的功課。

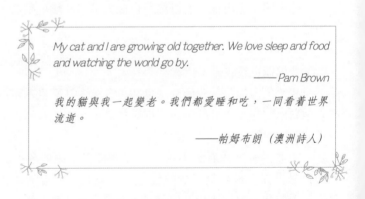

My cat and I are growing old together. We love sleep and food and watching the world go by.

—— Pam Brown

我的貓與我一起變老。我們都愛睡和吃，一同看着世界流逝。

——帕姆布朗（澳洲詩人）

後記
~~老佛爺的新一頁~~

一個觀念，可以限制人一世、影響貓的一生。

初養老佛爺時，不喜動物的阿嫂嚇我：「千萬別養多隻，會爭寵。我同事養了兩隻，回到家中忙個沒完，牠們爭吵、打鬥，千方百計引人注意。她休息不足，很辛苦。」我嚇着了。另外看書，說到貓的邏輯跟人不一樣，千萬別以為牠們跟人一樣要有伴，不用怕牠們寂寞；牠們從來不是群居動物，地盤意識強，易生磨擦。於是我鐵了心只養佛爺一隻，怕他被欺負；他小時候在咖啡店，就曾被英短Blue摑打。無人在家，誰救他啊！

可是，寫這書，看書多了，我的觀點開始鬆綁。讀到一個故事：有人第二天要接受手術，十分擔心沮喪。她家中三隻貓這晚都不約而同地黏着她咕嚕咕嚕。原來牠們三個是一個團隊，覺察到主人生命力下降，咕嚕咕嚕療癒她。第二天，她感到輕安，有信心地接受手術，之後康復得很好。

我有一個新觀點：啊！原來貓彼此之間也是有商有量的。老佛爺年老時，如果不舒服，多個家人陪伴他，咕嚕咕嚕療癒他，多好！多一隻貓，老佛爺就有一個團隊，可以一起照顧我。幸好我會審視我的觀點。

於是，我帶佛爺去探訪瓊姐，她家有唐貓小知，另外她剛在

道存在於一切。與道和諧
共存，便與萬物一致運
作，一同前進。

街上救了一隻BB，暫養在家照顧。老佛爺一見到貓B，就回頭看看我：「有貓BB呀！」他好喜歡，耐心守在牠前面。一起睡了一會。又用小手碰碰人家，溫馨的互動。我就確定，老佛爺是喜歡有伴的，但對方一定要是BB。

我認真考慮領養，但我在家時間少，難以安撫曾經被遺棄的心，也為老佛爺安全計，我並不適宜領養。我知道自己的需要和限制。領養一隻唐貓B的話，飛來飛去，我怕頂不住。就算是英短BB，長大後也難保不會欺負佛爺仔。

於是我去逛逛寵物店，但我不能買，怕支持了無良繁殖這殘忍行業。這是養了老佛爺3年後第一次逛，見到小貓小狗陳列。牠們都陳列在籠中，成了商品，很有點不忍。

我的目光很自然搜索異國短毛貓。我蹲下來，看見狹小玻璃箱內擠了三隻小異短，牠們好乖，一見人就趨上前來，瞪大眼睛，喵的哀鳴：「快救我們出去！」旁邊的狗BB整天大叫，吵得人受不了，何況小貓們整天受罪？可是，我不能買啊！不能支持無良養殖。我哭了，在心中說：「對不起，我救不了你們。」

然後我一直哭，上了的士，一直哭，大哭。去了通菜街，看看其他寵物店，好一點，箱子大一些，也沒有那麼吵。但是我都不會抱，不會買。

我看到各種小貓，發現自己仍是鍾情於異短，有特殊感情。唉！不敢再逛寵物店了。

差不多想走，見到一間樓上舖貓樂園。我心中有種微妙的感召，上去看看。

這兒像個家，一地的異國短毛，很靜。有十二隻是店主自己養到老死，一律不賣的。沙發上坐了三隻。玻璃箱很大，有英短媽媽在乳養一大堆嬰兒，一個個毛球似的，好可愛。氣氛寧靜祥和。

我想到那三隻可憐的貓BB，眼淚又流了下來。

店主朱先生遞紙巾給我，他不敢問，怕是養了多年的寵物離世了。我說了剛剛見到令人不忍的景象。他也說了他的創業經過。小時候，他就喜歡貓，拿瓶子一晃，街貓就由四方八面靠攏，他就餵牠們。

現在他日夜都被貓圍繞了。這店就是養殖場。安靜、溫馨、有家的感覺。他抱了一隻白色小異短來給我看。眼大大、鼻扁扁的，很像老佛爺。我很有好感。我問問牠媽媽生的是第幾胎？「這是第二胎，生完這次就不再讓牠生了。」看過媽媽，神態安穩，不似痛苦的樣子。

我也說了老佛爺的故事。說到他將來老了，不舒服，要離世時，如果我不在身邊可怎麼辦呢？我又哭了。朱先生開了包新紙巾。

於是我願意坐坐。換了拖鞋，手消毒，進去抱剛才見面的貓B。一抱起，放在耳邊，已聽到牠打呼嚕。牠性情很好，被牠妹妹騎着，一下驚訝，也沒有甚麼。被十多隻貓圍繞着，心情很快平伏，甚至有點愉快。

說好會帶老佛爺來，看看他可會喜歡這貓B？

我知道多養一隻貓，尤其是異短，是有很多事情要做的，例如

抹眼睛。但是，為了老佛爺和我自己，我是願意的。

第二天早上醒來，朦朧間，湧現「吉祥」這個名字。心中想着曾國藩說的：「總要感召吉祥。」有種好的預感。

隔天，帶着老佛爺乘船坐車，我心想，如果佛爺舔牠的話，就是牠了。

來到貓舍。朱先生早已騰出大圍欄，好讓老佛爺和貓B初次相見。朱先生真是愛貓的，一見老佛爺，就為他檢查牙齒，抹眼睛抹小手小腳。

佛爺仔首先對貓女十分有興趣，隔着紗網也聞聞人家。然後才看得到小貓。他也很有興趣地聞聞牠。他舔牠了，甚至輕咬呢！小貓B很溫馴，雖有點不習慣但也不至於叫出聲。老佛爺肯定能跟牠相處。朱先生指出，如真買下貓B，也得等到五個月大才好帶回家，那時就不用隔籠了。感謝他教我照顧異短的細節，例如梳毛的梳子斜斜地落，反梳然後正梳。我最想學刷牙。原來那強力去牙石圓形藥水紗布，包住手指就可以成為「牙刷」，指尖的接觸會知道刷着了沒有。見老佛爺鼻塞塞，朱先生又教我給他聞一聞熱水，讓水蒸氣幫他舒緩一下。

朱先生有句話，說到我心坎裏去了：「喜歡了異短，就很難再喜歡其他的貓了。」看他一屋的異短就知道了。被12隻安靜的異短圍繞，很療癒。晚上回家躺在床上，發現肩膊非常放鬆。貓的療效真好。

老佛爺第一眼見到吉
祥，從此相伴相知相
惜相愛。

就在老佛爺認識吉祥的晚上，天地圖書的Elsa姊傳來信息，天地會出版《老佛爺貓貓50個心靈啟迪》。看，吉祥真的幫我感召吉祥。我順着心的感動，信賴上天指引，我和老佛爺有了新的家人了。人生向前走。我們一起踏進了新階段。我很開心、感恩。

轉眼，吉祥已來我家兩個月了。老佛爺很疼他。吉祥坐他的布椅子、吃他的糧，他都由他。他更為吉祥舔毛毛呢！連拉了屎的屁股也幫他清潔。吉祥也很愛這大哥，黏着他在他身上踩奶呢！我看到老佛爺成熟的一面，很溫柔，愛護幼小。兩兄弟在家追來追去，家中十分熱鬧，有生氣。

吉祥很小，很黏我。我躺在沙發上，他跳上來陪我的時候，很似老佛爺小時候和我在咖啡店消磨的美好時光，只是吉祥的性格更加活潑，咕嚕咕嚕的聲音像煲滾水似的響亮。我很愛聽！

我們一家三口一起在床上睡覺的時光，十分美好。有時看他們兩兄弟咬來咬去，忽然停住，又繼續抱呀拍呀，會打從心裏笑出來，看着貓兒微笑。

感謝Joni和秀瓊姐，謝謝你們幫忙照顧老佛爺和吉祥，我才可以安心工作。

感謝Leo背着沉甸甸的攝影器材，三次遠道來到我家伏下趴低拍了許多美麗照片，令本書生色不少！

感謝阿濃先生賜序。小時候看他的書，常感到溫暖。長大後立志做老師、作家。之前用「阿蒙」的筆名出過兩本小小說，也是跟他姓。

某一天，因為有兒童文藝協會的共同朋友，他在Facebook上邀請我做朋友，我當然很歡喜。自此分享生活點滴。阿濃先生也養貓，趣趣已伴他12年了！我心想：如果阿濃先生幫我寫序就好了。心想事成。君子成人之美。

　　奇妙的事情又發生了，吉祥幫我感召了一位長得跟他有點像的「吉祥先生」來到我的生命中。我戀愛了！

　　有關老佛爺、吉祥的故事，我會繼續說下去啊！有興趣的讀者可到Facebook「老佛爺貓貓」專頁看看。

　　謝謝你與我分享了和貓一起的快樂時光。祝願大家健康幸福！

主要參考書目

《洗澡魔法書》，吉澤深雪著，暢通文化時業出版，1998。

《貓之物語》，海明威、契訶夫等著，李毓明譯，晨星出版社，2004。

《都是為了貓》，町田康著，愛米拉出版有限公司，2016。

《給我你的貓咪看看》，蘭迪詩著，董樂樂譯，時代文藝出版社，2016。

《聖人傳記》，香港公教真理學會出版，1960。

《沉思》，海寧格著，紅出版，青森文化，2009。

《我是貓》，夏目漱石著，劉子倩譯，大牌出版，2015。

Angel Cats: When feline friends touch hearts and change lives,
Allen & Linda Anderson, Penguin Books, 2010, Great Britain.

www.cosmosbooks.com.hk

書　　　名	老佛爺貓貓50個心靈啟迪	
作　　　者	梁寶儀	
責任編輯	宋寶欣	
美術編輯	何志恆	
出　　　版	天地圖書有限公司	
	香港皇后大道東109-115號	
	智群商業中心15字樓（總寫字樓）	
	電話：2528 3671　傳真：2865 2609	
	香港灣仔莊士敦道30號地庫／1樓（門市部）	
	電話：2865 0708　傳真：2861 1541	
印　　　刷	亨泰印刷有限公司	
	柴灣利眾街27號德景工業大廈10字樓	
	電話：2896 3687　傳真：2558 1902	
發　　　行	香港聯合書刊物流有限公司	
	香港新界大埔汀麗路36號中華商務印刷大廈3字樓	
	電話：2150 2100　傳真：2407 3062	
出版日期	2019年6月／初版